結局、人生最後に残る趣味は何か

林望
Nozomu Hayashi

草思社

はじめに

思えばはるかな道をたどってきたものだ、という感慨がある。

私が生まれたのは、昭和二十四年だから、太平洋戦争が終わってから、まだほんの四年くらいしか経っていなかった時分で、あの『ドラえもん』の漫画によく出てくる「土管の置いてある原っぱ」などが、そこらじゅうに残っていた頃だ。

超高層ビルなんかただの一つもなかったし、ほとんどの道は未舗装で雨が降るとそこらじゅう泥んこの水溜まりだらけになった。

みんなが貧しかった時代であったけれど、大人は大人の務めを果たし、子どもは子どもらしく日の暮れるまで原っぱで余念なく遊んでいたものだった。そうして、夕方頃になると、そこらで遊んでいる子どもらを「ご飯よ〜」と呼ぶお母さんたちの声が聞こえたりもした。みんなが一生懸命生きていて、受験塾に通うとか、そんなことは思ってもみたことがなかった。学校から帰ってくると、玄関にランドセルを放り出して、外で待っている友だちと一緒に、すぐに遊びに出ていく、それで日暮れ近く、夕ご飯の頃まで、来る日も来る日も遊んで暮らした。そんな時代……思えば良い時代であった。

私の父は、まだまだ復興期でアップアップしていた日本政府の経済官僚で、毎日背広を着てちゃんちゃんと役所勤めに行き、母は大柄でスポーツ万能のモダンガールであったが、当然のこととして専業主婦であった。

その父の昔語りに、自分は子どもの頃よく人前で歌を歌って、ご近所では「歌のお坊ちゃん」と呼ばれていたもんさ、ということを聞いたことがある。いっぽう、母は当時にしては大柄で華やかな雰囲気の人であったが、これまた音楽が好きで、少女時代にはハワイアン音楽にあこがれて、自分もやりたいと思ったけれど、親が許してくれなかった、とも聞いたことがある。そんなこともあって、母は家事をしながら、いつもシャンソンなどを歌っていたものだ。

だから、そもそも私の家には、どこか音楽的な空気があったのだが、やがて大人になって、音楽に対する興味がいつも私を捉《とら》えていたことの背景には、じつはこんな子ども時代の家庭環境があったのかもしれない。

いっぽうまた、父方の祖父は、江田島を出た海軍の職業軍人であったが、絵心があって、よく趣味で絵を描いていた。といっても、子ども用の水彩絵具のようなもので、ほんの手慰みとして描いていたに過ぎず、別段それを人に誇ることもなかったが、その残した絵には、なかなか悪くない味わいがあったし、また毛筆の字もそれなりの風韻をたたえた趣《おもむき》があった。この祖父は、とにもかくにも読書の人で、いつも書見台に古い本を置いて、端然《たんぜん》と読書をしていた姿が懐しく思い出される。戦後は逼塞《ひっそく》して軍人恩給ではほそぼそと暮らしているようなことであったので、そうそう自由に本を買うこともできなかったと見えるが、それでも安い古本をあれこれと購《あがな》っては、くりかえし味読する、そんな日々を送っていた。

いっぽうまた、母方の祖父は、いわゆる糸偏《いとへん》の好景気の頃はかなり裕福な暮らしぶりであったとみえて、柴又《しばまた》あたりに大きな屋敷を構えていたという。その祖父は、料理が上手で、隅田川で釣ってきた魚や、自宅の庭で飼っていた鶏など、みな自分で捌《さば》いて調理し、家族に食べさせるのを楽しみとしていたらしい。この祖父の遺伝子が母に伝わって、母は手先の器用な、そして料理の上手な人であった。また、母方の祖母は、なんでも若い頃に洋服の仕立てを習って、紳士服の仕立てまでできたそうである。そういう祖母に育てられた母も裁縫の腕があって、あの貧しい時代に、私どもの洋服はみな自分で仕立てて着せてくれた。それゆえ、時には学校の友だちとはちょっと雰囲気の違う、妙に洒落《しゃれ》た服装をさせられて、いささか恥ずかしい思いをしたこともある。

書き連ねていけば切りもないが、要するに私という人間を形成している無数の遺伝子の中には、こういう父母・祖父母・曾祖父母から連綿と続く「趣味」の要素が含まれていて、まさに「趣味の遺伝」ということが実在したことが感じられる。

どうだろうか、皆さんも、静かに胸に手を当てて、「自分」という人間を形成してきた代々の遺伝子を感じてみてはどうだろうか。

私自身は、本書のなかにも縷々《るる》述べているように、少年の頃から詩人になりたいと思って暮らしてきた。いまでも、その思いは私の心の中に不滅の光を放っているのを感じる。そうしてそういうことを思うときに、これはなにも私一人の力でそうなったのではなく、ある部分は母方の祖父、別の部分は父方の祖父など、拠ってきたる由縁がありそうだ。また話し方のスタイルなどは父方の祖母から父を通じて私に遺伝しているだろうし、そしてそれは子どもや孫のなかにも、ちゃーんと受け継がれているのを、そこはかとなく感じることがある。

趣味の問題は、かにかくに、私一人の力を超えて、父祖伝来の遺伝子的素質やら、生まれ育った環境やら、師父《しふ》の教導やら、さまざまの要素が絡まって「今ある形」になっているので、なかなか複雑な相貌《そうぼう》を持っている。

だからこそ、趣味といっても単に表層的なことだけでなくて、じっくりと自分自身に向き合い、はたして自分とは如何なる存在なのか、いま自分がかくあるのは、どういう営為《えいい》の結果なのであるか、などなど考えれば考えるほど、奥深い問題を内包しているように感じる。

この本は、そういう意味で、私自身がいままで生きてきた既往《きおう》をふり返りながら、自分にとっての趣味とはなんだったろうかということをあれこれと思い巡らした本である。

そして、読者諸賢にあっても、そのように来《こ》し方行く末を思いながら、自分の人生を、いまここでざっくりと考え直してみてはどうだろうかという提案の本でもある。

本書が読者諸賢のこれからを考える上で、わずかでも参考になれば幸いである。

結局、人生最後に残る趣味は何か◎目次

第二章　これから始めたい人、もっと究めたい人へのアドバイス

第三章　上達なくして楽しみなし！

第四章　趣味を究めた人だけがたどりつく場所

第五章　結局、人生最後に残る趣味は何か

第一章
人生にはなぜ、趣味が必要なのか

趣味が人生にもたらすものとは？

人生にはなぜ、趣味が必要なのか。……その答えの一つは、実りある人間関係を作ることにあります。

人は、たった一人で生きていくことはできません。生きていく上では周囲の人との関わりが必要不可欠であり、楽しく生きたいと思うなら、より良い人間関係を作ることが重要です。

普段から仕事一辺倒で、人間としての「余白」の部分がまったくない人は、どうしても周囲からつまらなそうに見えてしまいます。つまらなそうに見える人と、あえて付き合いたいと思う人はいません。つまらなそうに見える人は、周囲の人との関わりが乏しくなり、ますます退屈な人生を送るという負のスパイラルに陥ります。

「私は誰とも付き合わず、一人で読書をしているだけでいい」
「自宅で一日中鉄道模型を作っていれば大満足」

そんなふうに主張する人もいるかもしれません。いや実際にそういう信念を持った人もいることでしょう。けれどもそれはなかなか強靱《きょうじん》な精神が必要な生き方で、現実には、人生をたった一人で生きていくのは実に寂しく難しいことです。

もちろん私は、みんなとつるんで常に一緒に行動すれば幸せであると言いたいわけではありません。むしろ私自身は、決して人付き合いの良い人間ではないと思っています。あえて申せば、どちらかといえばいろいろなしがらみからは離れた、個人的な暮らし方を志向しているので、孤立した生き方、と言えるかもしれません。

しかしながら、孤立には「名誉ある孤立」と「不名誉な孤立」があります。名誉ある孤立は、他人や組織に寄りかからない「独立の精神」から生まれるものです。福沢諭吉のいわゆる「独立自尊」が、それです。

一方、不名誉な孤立は、他人から嫌われて「のけもの」にされるということです。

同じ孤立でも、みんなから一目置かれて独立自尊的状態でいることと、みんなから嫌われて相手にされていない寂しい状態とでは、天と地ほどの差があります。

私たちが目指したいのは、その「名誉ある孤立」です。

名誉ある孤立を保つ人は、いわば「秘密のポケット」のようなものを心に持っています。秘密のポケットの中には、その人にとっての大事な宝物が入っています。この宝物こそが趣味というものだと思うのです。

宝物＝趣味は、周りの人と同じでなくてもかまいません。

例えば、音楽を趣味とする人が集まり、一緒にバンドを組んで演奏を楽しむのは結構なことです。けれども、同じ趣味を持たなくても、一人一人が心にそれぞれの秘密のポケットを持っているだけで、人間関係はおのずと豊かになるはずです。

秘密のポケットを持つ人には、どこか人としての奥行きのようなものが感じられ、魅力的に見えるものです。そのため、個々のポケットの中身は違っていても、なにか秘密のポケットを持つ人と会話をすると、楽しい時間を過ごすことができます。たとえば、ビジネスの上の知識あれこれというようなことは、あまり話をしても面白いことはありません。私も、昔、ある会社に頼まれて仕事をしたときに、その会社の幹部の人たちに招かれて、会食の機会などを持ったことがあります。彼らは一人一人はたいそう真面目で良い人柄のようにお見受けしたのでしたが、遺憾ながら、そこでの話は、

「当社は、昨年、那須高原に新しいコンセプトの工場を立ち上げまして……」

「当面は、再来年くらいをめどに、こちらの新しい業態へ移行するという方向でございますが……」

とかいう調子で続き、それを一時間も二時間も聞かされて、もう退屈で閉口したことがあります。これでは、「この人たちとは二度と付き合いたくないな」と思うのが道理で、そこから新しい人間関係なども生まれてくるはずがありません。これが、なにか芸術の話、文学の話、趣味の話、などだったら、また新しいアイディアも共有できて、人間関係が深まっていったかもしれないのに、残念なことでした。

趣味を持つことの意味は、畢竟《ひっきょう》、人間関係を豊かにすることでもあり、自分の人生を楽しみ多いものにすることなのです。

暇つぶしと侮るなかれ、趣味と仕事は対等

趣味と仕事の両立に悩む人も多いかもしれませんが、趣味はあくまでも趣味であり、それで生計を立てるものとは違います。だからといって、仕事より趣味のほうが下位の

存在というわけではけっしてありません。

きちんと仕事をしながら、余暇の時間に趣味を楽しむ。そのバランスが重要であり、仕事と趣味はほとんど対等なものといえます。

そもそも、なに一つ趣味を持たずに、四六時中仕事をしているとか、それゆえ、家に帰ってもなにもやることがないなどというのは、おもえばまことに殺伐とした日常ではありませんか。

夫婦間でも、妻からみて、長年連れ添った夫が趣味もなくごろごろして、どうかすると愚痴《ぐち》などいいながら酒ばかりのんでいる、なんてことになると、「どうしてこんなにつまらない男と暮らしているのだろうか」という鬱憤《うっぷん》が溜まっていくに違いありません。

男女が反対でも同じことで、夫はなにかの趣味に打ち込んでいて、仕事もばりばりできるんだけれども、妻は退屈な日常に埋没していて、ややもすればテレビを観て寝転がっているとか、ぶつぶつと愚痴ばかりこぼしているとか、そういうことになれば、ひいてはそれが冷え切った夫婦仲や、家庭不和にもつながっていくわけです。

だからといって、夫婦が同じ趣味を持ちましょう、などということを勧めているわけでは毛頭ありません。

家族が同じ趣味を持たずとも、それぞれが自分の余白となる趣味を持ち、お互いに余白を侵さないという関係を築くことができれば、家庭内の雰囲気は良好に保たれます。そのうえで偶然に同じ趣味を持っていればなお良いかもしれませんが、だからといって、自分の趣味を相手に押し付けたりするのは、おおいにひがごとです。

一人一人、夫婦といえども独立自尊、それぞれが自分の「秘密のポケット」を持っていて、互いに尊重し、互いの領分を侵さない、とそうありたいものです。

ただし、趣味を持たないのと同じように、趣味の世界に没頭しすぎるのも考えものです。自分の部屋に閉じこもって趣味の世界に耽溺《たんでき》し、団欒《だんらん》の場にも参加せず、一日中誰とも話さないなどというのは明らかに行きすぎです。そうなれば豊かな人間関係どころか、家庭や友人関係を壊すおそれもあります。仕事に偏《かたよ》りすぎてはいけないのと同様に、趣味に偏りすぎるのも避けるべきでしょう。

したがって、仕事と趣味は「両立可能か」と問うべきものではなく、両立すべきものでもあります。繰り返しますが、自分のコアとなる仕事を持ち、余白の部分で楽しむのが理想的な趣味のあり方です。

コアとなる仕事は、人それぞれです。大きな会社の社員になって出世を目指すキャリアもあれば、一人でコツコツと手を動かす職人の道を歩む人もいます。生業《なりわい》に優劣のあるはずもなく、どんな形であれ、おのれの職業を全うするのが人の道です。

ですから、仕事は手を抜けるだけ手を抜き、趣味の世界に生きがいを見出すという生き方にはあまり賛同できません。なぜなら一つの仕事を全うできない人が、趣味の世界を究められるとはとうてい思えないからです。

仕事を持たずに趣味を追究しようとする生き方も願い下げです。世の中には、裕福な家に生まれ、働かなくても不動産収入などで暮らしていける人が一定数いるのも事実です。そういった「銀の匙《さじ》を銜《くわ》えて生まれてきた」人たちの中には、これといった定職を持たず、各地で美味しい物を食べ歩いたり、美術品を買いあさったりすることに時間を費やしている……、つまり高等遊民のような人がいます。

ただ、こうした行き方はどこまで行っても「金持ちの道楽」の範疇であり、私が本書で言及する趣味とは別物であるように思うのです。

趣味は友だち作りの場ではない

趣味を始めようとする人の中には、友だちを増やしたいとか社交の機会を増やしたいという目的を持つ人がいます。例えば、趣味であるところの草野球よりも、試合の帰りに居酒屋に寄って仲間と楽しく飲み食いするのが楽しみ、というような話をよく耳にします。案外、そういう考えの人が多数派なのかもしれませんね。

けれども、人間関係を目的にした趣味はちょっとまた問題です。なぜかといえば、趣味本来の目的から離れてしまうからです。

私自身は友だちを作るために何かを始めようとも思ったことがありませんし、友だち作りのために団体やサークルに入ろうと思った経験も皆無です。

いや、そもそも友だちを「多く」持つ必要なんてないと私は考えています。心を許して話ができる友人は、せいぜい一人か二人。その他の人とは、必要に応じてつきあうこともありますが、それは通り一遍の世間づきあいで、しょせん形式的なものです。だから、親しくもない人と頻繁に会って会話などせずとも、じゅうぶん楽しく生きていけます。相手にしてみても、たぶん同じような感覚じゃないでしょうか。

大学時代はギタークラブに所属していて、何人かの親しい友人を得ましたが、それだって、卒業後五十年経った今にいたるまで、親しくしているのはたった数人だけです。当時の仲間は数十人はいたはずですが、ほとんど音信不通になっています。でもそれは痛くもかゆくもなく、いっこうに寂しいこともありません。

高校の頃はラグビー部で一生懸命練習に励んでいました。ラグビー部の同期は十五人くらいいて、今でも年に一回はOB会を開催しています。私のところにも毎回丁寧に案内の知らせが届くのですが、私は原則として参加していません。なぜかというと、いつも会場が新宿・歌舞伎町の居酒屋と決まっていて、お酒を飲んで、わいわいとやるのが目的らしいからです。私は下戸で、酒飲みの相手、よっぱらいの繰り言につきあうのは、時間の無駄だと思っているので、それが昔の仲間であろうとなかろうと、酒を飲んで騒ぐような場所に行くのはまっぴらごめんというものです。しかもその店が「喫煙可」とあっては決して参加しようとは思いません。

飲んで楽しみたい人がいることは理解しますが、飲んでいる本人はよくても、飲まずに付き合う側にとっては、まことに堪え難い苦痛だし、短い人生をそんなことで一分一秒だって無駄にしたくない、と私は考えています。

あるとき、いつものように熱心な誘いを受けたので、次のように答えました。

「同期会に参加したい気持ちはあるけれど、お酒を飲む場にも、喫煙する場にも行きたくない。ぜひ今度は昼間の時間帯に、酒なし・お茶だけ・全席禁煙のお店で茶話会《さわかい》として開催してくれないか。そうしたら行くから」

すると、なかなか気の利いた幹事がいて、「ぜひ来てほしいから、希望通りにするよ」と言い、実際にその通りの会場を設定してくれたのです。

当日は午後三時くらいから新宿のある店に集合し、お茶を喫しながらみんなで楽しく時を過ごしました。五時くらいになり「これからお酒を飲みながら続けよう」という流れになったので、私はそこで切り上げてさっさと帰宅しました。ずいぶんドライだと思われたでしょうが、気にすることはありません。

飲み会でだらだらしゃべっているような仲間は、本当に友だちと呼べるのでしょうか。頻繁に会ってお酒を酌み交わさなくても、時々メールや手紙をやり取りするだけで、あるいは極端に申せば、何年も会わなくても、いつも心を通わせている関係をこそ、友だちというのではないでしょうか。

「この人と知り合えて良かった」と思えるような人には、一生のうちに一人でも出会えれば幸いだというもので、それだけでも人生は豊かなものになります。

私の経験では、若い時代だから良い友人に出会える、とそうきまったものでもありません。これはまた後の章でも書きますが、私にとって、今もっとも親しい、そして互いに尊敬を以て付き合っている心友は、北山吉明先生という外科のお医者さんです。しかも金沢の人で、私どもは若い頃にはまったく無縁の人生でしたが、あるとき声楽を仲立ちとして、ふとしたことから知り合いになり、たちまち意気投合、それからは二人でデュオ・ドットラーレという男声二重唱を結成して、東京と金沢で交互にコンサートを開催して歌を聴いていただくようになりました。それだけでなく、今では無二の親友で、信州の別荘村でもそれぞれが一軒の別荘を持ち、折々にこの別荘村で落ち合って、楽しく歌い、談論風発し、食事を楽しみ、人生を論じて、倦《う》むことがありません。還暦を過ぎてから知り合った仲であっても、そういう家族ぐるみ、無二の友情を持つことができたのは、人生の大きな幸いであったと、今では思っています。これも趣味が結んだ友情なのですが……。

でも、最初から「趣味で友だちを作ろう」なんて考えないでください。俳句をやりたいから句会に入る、テニスをやりたいからテニスクラブの会員になる、あくまでもこれが基本であり、それ以上でも以下でもありません。そこで良友を得るかどうかは、つねに「結果論」でしかないのです。

私の趣味遍歴

ここで少しだけ私の趣味遍歴を振り返ってみることにしましょう。

私は子どもの頃から、いわゆる子どもらしい遊びにはほとんど興味を示さない子どもでした。当時の少年といえば外で野球をするものと相場が決まっていたのですが、運動が苦手な私は野球をラジオやテレビで観たり聴いたりするのは好きでしたが、自分ではほとんどやりませんでした。足は遅いし、反射神経も鈍いし、いわゆる運動少年とはまるっきり無縁の子ども生活であったので、学校などでも、野球の仲間に入って遊ぶことはほとんどありませんでした。当時は少年たちにとってのスポーツといえば野球一点張りで、サッカーやバスケットなんてのは、まだ誰もやらなかった時代ではありました。そういう時代でしたが、私自身は、ほとんどまったく野球をやることはありませんでした。

運動は、そういうわけで、見るほう専門でしたが、それもわざわざ球場まで見にいくほどの興味もない。ま、ごくあっさりと興味を持っていた、という程度でありました。いっぽうまた、将棋や囲碁のような勝負ごととなると、これまたいっこうに才能がないので、やれば負ける一方、それゆえ面白くないので、やらなかったというのが正直なところです。さらには、メンコやベーゴマといった遊びにも、ほとんど関わらないまま、少年時代を過ごしていました。

だからといって、周囲から孤立していたのかというと、決してそんなことはなく、友だちとの関係は良好でした。

今にして思えば、小さい頃から一貫して勝負事が性に合わなかったのでしょう。勝負事を避けるようになったのは、兄の影響が多少あるかもしれません。兄はスポーツ万能で、将棋や囲碁をやらせてもめっぽう強いのでした。年齢差もあるゆえ、どう頑張っても兄に太刀打ちできない私は、いつしか勝負事はしなくなりました。

大人になってからも将棋や囲碁、麻雀などの勝負事は好きになれず、友人から誘われても基本的には参加しませんでした。

ついでにいうと、競馬や競輪、競艇といったギャンブルとなると、もう論外で、一切興味を持ったことはありません。まして、紅灯《こうとう》の巷《ちまた》に徘徊して色を売るような店に足を踏み入れたことなど一度もありません。

かくて、いわゆる「飲む・打つ・買う」の類いには、まったく無縁の青年時代を送りました。

小さい頃から、私の興味は、相手と比べて、強い・弱い、勝った・負けた、という相対値を競うことよりも、自分の絶対値を上げていくことに向いていました。

三〜四歳の頃、母方の祖父母の家に遊びに行った私は、その辺にある紙や割り箸を切ったり削ったり貼り合わせたりして、せっせと工作のようなことをしていたそうです。もともと自分も器用で趣味人だった母方の祖父が、私のことを「子どもはこうじゃなくちゃいかん」と言って褒めていた、という話をのちに祖母などから聞かされました。

自分では記憶がないのですが、その頃から手先を動かしてコツコツと何かを作り出すのが好きだったのでしょう。ただ、かすかに残っているのは、昔の足踏みミシンに使う糸巻き（木製の）を削って、輪ゴムと割りばしで「タンク」を作って、飽かず畳のうえを走らせていた、そんな記憶がおぼろげに残っています。

小学生になると、絵を描くことが好きになりました。学校の美術の先生に大変可愛がられ、その先生からいろいろと絵の描き方を教えてもらいました。そんな毎日を送る中で、徐々に絵描きになるという夢を持ち始めたのを覚えています。

中学生になると、青木義照先生というプロの画家の下で、本格的にデッサンや油絵、水彩画の描き方などを学ぶようになりました。その頃になると、本気で絵描きになりたいという気持ちが強くなっていきました。

自分でいうのも気が引けますが、絵を描くことに関しては、ある程度の実力はあったように思います。ただ、プロの絵描きになるのはそう簡単ではありません。

油絵は、独特の匂いや汚れがつくのでアトリエが必要となります。当時は小さな公団住宅に住んでいましたから、自分用のアトリエを持つなんてことは無論できません。しかも、絵の具を揃えるには結構なお金がかかります。

それより何より、高校生にもなる頃には、自分の才能はプロになるほどではないと自覚するようになりました。結局、絵描きの道は断念し、以後は純粋な趣味として絵を描くようになったのです。

絵を描く、詩を書く——趣味とはクリエイティブな営み

絵を描くのと同時期に興味を持ったのが、文章を書くことです。私は子どもらしい天真爛漫な文章というのが嫌いでしたから、きっと小学生にしてはませた文章を書いていたのでしょう。

「よく書けているが、子どもらしさがない」

先生から、そんな評価をされていたのを覚えています。

かくて、学校での作文の評価は芳しくなかったものの、文章を書くこと自体はずっと好きでした。「子どもらしい文章を書いても仕方ないだろう」と反発する気持ちもあり、むしろ文章への情熱は高まるばかりで、小学校の高学年になると、漠然と物書きの道も志向するようになりました。

高校生一年生のときに出会ったのが萩原朔太郎の詩です。難しくて何が何だか理解不能でしたが、不思議と心に響くものがありました。

その時分、当時は早稲田大学に近いところにあった官舎に住んでいたのですが、高校は近所の都立戸山高校に通っていました。そのため下校時には、ぶらぶらと早稲田の古書店街を散策して、古本屋を覗くのが楽しみとなっていました。

その早稲田通りに、当時、金峰堂という小さな古書店があって、その店頭の「均一本棚」に、三好達治の詩集『故郷の花』の初版本が出ていました。たしか値段は百円とかそのくらいであったと記憶しています。でも、和紙で装訂された、なかなか美しい詩集であったので、それをポケットにあったお金で買い求めて読みふけったものでした。その本は、今も私の書庫に大切に保管して、折々に眺めています。

そんなことから「詩」という表現に興味を持つようになり、密かに詩を書きためるようになります。いつしか、絵描きに代わり、将来は詩人になりたいと思い始めたのです。

ところが、詩人になる方法は、絵描きになること以上に、さっぱりわかりません。絵描きになりたいなら芸術大学に進めばいい、音楽なら音楽学校を目指せばいい、でも芸術分野のなかで、「詩」ばかりは、芸大にも詩専攻などないし、一般の大学に行って文学を勉強したからとて、詩人になる道は開けるものではありません。

つまりは、詩人になりたいという願いは、行方もしれぬ山道を彷徨《さまよ》うような、たより

ない筋道だったというわけです。そこで……、

「詩人になるなら、とにかく日本語を知る必要がある」

「日本語を勉強するなら、国文学を学ぶのがいいだろう」

そんなふうに考え、とりあえずは慶應義塾大学に進んで、国文学者を目指すことにしました。

ところが、実際に大学院まで進んでみると、さあ研究が大変で、詩作に励むどころではなくなりました。ただ、古典文学の研究を続けるかたわら、寸暇を盗んで詩作のまね事などはずっとしていた記憶があります。

けれども、それは生業《なりわい》には結びつかない「夢」のようなもので、私は詩人になる道は、ひとまず諦めて、そのまま国文学者として生きていく道を選びました。

そういえば、大学の恩師である森武之助先生が、

「文学研究なんて言ってもなァ、しょせんは遊びさ。文学が好きだから勉強する、そういうことだから、文学研究なんかしたからとて、ちょっともエライってことにはならないさ。だから、文学研究なんてのは、自腹を切ってやるものだ。文部省の金など当てに

してやるもんじゃない。自腹でやっていれば、いやになったら、いつでもやめることができるだろうさ」と、微笑みながら教えられたことを、なつかしく思い出します。

森先生は大変裕福な名家の御曹司でしたから、そんなふうに割り切れたのでしょうが、べつに金持ちの御曹司ではなかった私でも、なんとなく共感するところがあります。詩でも小説でも、文学は仕事というより趣味の世界。そんな意識がどこかにあるのです。

自分の中では、絵を描く行為も詩を書く行為も、クリエイティブな営みという意味では共通しています。文字で書けば詩であり、ビジュアルで描けば絵になるという感覚を持っているのです。だから、時間を見つけてはスケッチブックを取り出し、手早くスケッチを描き、その下に文章を添えるといった創作を常に行っていました。この習慣は今も続いています。

趣味で始めた能楽は今や仕事に

私がこれまで長く取り組んだ趣味の一つに「能楽」があります。能に関わろうと考えたのは、もともとは本業に必要だったからです。

私の本業は国文学の研究者であり、大学での専門は日本の近世（江戸時代）文学でした。そこで痛感したことは、近世文学は能の影響をすこぶる強く受けており、さまざまな文学作品に能の文句が取り入れられている、ということの事実でした。

たとえば、井原西鶴の代表作『好色一代男』などを読んでいて、その巻一の六「煩悩の垢かき」で、

「十三夜の月、待宵《まつよい》めい月、いづくはあれと、須磨は殊更と、浪爰元《なみここもと》に、借りきりの小《こ》舟《ふね》、和田《わだ》の御崎《みさき》をめぐれば、角《つの》の松原塩屋といふ所は、敦盛《あつもり》をとつておさえて、熊谷が付さしせしとなり」

という文章に行き当たったとしましょう。ここで、「浪爰元に借りきりの」という表現のおもとは、『源氏物語』須磨の帖の、

「御前にいと人少《ひとずく》なにて、うち休みわたれるに、ひとり目をさまして、枕をそばだてて四方《よも》の嵐を聞きたまふに、波ただここもとに立ちくるここちして、涙落つともおぼえぬに、枕浮くばかりになりにけり」

というところが、その根源にあるとしても、じつはもっと直接には、

能『松風』の、

「汐汲車、わづかなる、浮世に廻る、はかなさよ、波こゝもとや須磨の浦、月さへ濡らす、袂かな」というシテ・ツレ登場のところの文句や、
また同じく『知章《ともあきら》』の後場のシテ登場の謡に、

「浮かむべき、波こゝもとや須磨の浦……」の文言を思い浮かべて、作者西鶴は書いているのだろうと思われます。つまり、『源氏物語』の文言は、そうそうみな暗記していなかったと思いますが、江戸時代にはごく一般的に楽しまれていた謡曲（能）の文言ならば、西鶴がこれを暗記していて不思議ではなかったというわけです。

また、今の人形浄瑠璃の元祖ともいうべき近松門左衛門の代表作『曾根崎心中』は、冒頭いきなり、こんなふうに謡い出されます。

「げにや安楽世界より、今此《こ》の娑婆《しやば》に示現《じげん》して、我らがための観世音、仰ぐも高し、高き屋に、上りて民の賑《にぎは》ひを……」

このところ、江戸時代の聴衆は、ただちにこれが謡曲『田村』の文句を引用していることを理解できたものと思われます。なにぶん『田村』は、江戸時代には大変に流行した能で、なかでもその清水の観世音の由来を説く謡の文句、

「げにや安楽世界より、今この娑婆に示現して、我等が為の観世音、仰ぐも疎かなるべしや」

というところは、能から独立して「小謡《こうたい》」という謡い物としてよく知られてもいましたから、「ああ、これは田村の文句だな」と誰もが諒解できたことと思います。

こんなふうに、「あの言葉はここから来ている」「この言葉にはこういう裏の意味がある」というのをすぐにつかめないことには、本当の意味で作品の面白さを味わうことはできません。かといって、作品を読むとき、わからない文句をいちいち注釈本などで調べていたのでは、読書の楽しみが半減してしまいます。

だいいち、江戸時代小説ともなると、当時はほとんど注釈書など出ていなかったのが現実でしたから、さあそれを読もうと思うと、能を知らないままでは、ほんとうに理解するのが難儀であったわけです。

そこで、能を知るにはどうしたらいいか、……能を知り、また多くの文言を暗記する、ということのために、まずなにはともあれ、自分でも能を習ってみようと思い立ったというわけです。

大学の学部で学んでいた頃、私は別段能楽サークルに入って稽古をしていたというわけでもなく、ちょっと難しい能の実技を、どこで学ぶことができるだろうかなあ、と思案していたところ、たまたま大学院生のときに引っ越した先が、観世流能楽師である津村禮次郎師の自宅兼稽古場の前だったという、幸運に際会したというわけでした。

そこで、道ばたで津村先生にばったりお会いしたとき、ここぞとばかりに早速入門をお願いしました。

「私はそこの家に、このたび引っ越してきた者ですが、大学で国文学を研究しています。能を教えていただきたいので、弟子入りをお願いできないでしょうか」

と立ち話でお願いしてみると、津村先生は気さくな方で、

「いいですよ。それじゃ、さっそく明日からおいでなさい」

と言ってくださったおかげで、幸運にもすぐに弟子入りできたのでした。

何しろ自宅から徒歩ゼロ分のところに先生のご自宅兼稽古場があるので、稽古に出向くのは一向に苦になりません。

私は先生と年齢もそれほど離れていませんでしたし、能楽師の先生のほうでも古典学者の私が近くにいれば、ご意見番や相談相手として何かと重宝されたことと思います。

そんな「持ちつ持たれつ」の関係もあり、先生からは能の謡曲と仕舞、それに囃子方の

小鼓の手ほどきや地謡《じうたい》の謡い方まで、ほんとうに親切に深く教えていただきました。その代わり、先生が各地で公演を行う際には、私が車を運転して楽屋入りし、また荷物運びやら、その他、半分内弟子のようなお手伝いをするようになりました。

公演では、楽屋で装束の着付けを見習うとか、幕を上げる幕後見《こうけん》の役とか、後見というてシテ（主役）の装束を整えたり、作り物（大道具・小道具）を組み立てたり、舞台に出し入れしたりする役目で演能に関わるようになります。そうやって、能楽の裏表を懇篤《こんとく》に教えていただき、相当いろいろな知識を身につけることができました。単にお稽古事で舞や謡曲を習うという範疇を超えて、どっぷり能楽の世界に浸るようになっていったわけです。

そのうちに地謡方《じうたいかた》の一人として、定例の演能の舞台で謡うという役割をさせていただくようになりました。地謡方というのは、舞台の右端に座って八人ほどで謡うコーラスのような役割を指します。

かくて、地謡方として舞台に出るようになると、本番では、本を見ながら謡うわけにはいかないので、全ての謡を暗記する必要があります。やがて、舞台で謡う経験を繰り返すうちに、さまざまの能の詞章が頭の中に記憶されていきました。

「能を理解して研究に役立てる」という当初の目的はある程度果たすことができたわけですが、能はそれ以外にもたくさんのものを私にもたらしてくれました。

例えば、能の舞台では正座で謡うので、稽古を続けていると姿勢が良くなります。また、臍下丹田《せいかたんでん》に力を入れて声を出すので、声帯が鍛えられて、自然と声も良く響くようになります。人間が鍛錬した声は、謡っていても気持ちよく、また聴いている人にも快く届きます。

また、謡や小鼓や仕舞いを学ぶことで、自分が能を鑑賞するときの楽しみも倍増しました。さらに、津村先生に頼まれて、私は先生の能楽公演の解説を執筆するようになりました。これが後に青土社から一冊の本として出版されて、『林望が能を読む』（１９９４年刊）という著作となりました。この本は後に、２０１６年に角川ソフィア文庫の一冊に収められて『能の読みかた』として再刊行され、いまでも売れ続けています。これを最初の一冊として、『能に就いて考える十二帖』（東京書籍、１９９５年刊、後に集英社文庫から『能は生きている』と改題再刊された、１９９７年刊）、『これならわかる、能の面白さ』（淡交社、２００６年刊）、『能よ　古典よ！』（檜書店、２００９年）、『謹訳世阿弥能楽集』（上下二巻、檜書店、２０２０・２０２４年）といった能楽書を執筆したり、あるいは、津村禮次郎先生の依頼で能の台本『仲麻呂』（２００８年）、『黄金桜《こがねざくら》』（２００８年）を、また二十六世観世宗家観世清和師の委嘱によって、キリシタン能『聖パウロの回心』（２０１２年）などを書いたりするようにもなりました。

あくまで自分のアイデンティティは国文学の研究者にあると考えていたので、プロの能楽師になろうとは、まったく考えませんでした。ただ、趣味として、しごく真剣に能に取り組んだことで、能に関わる著作が、私の仕事の大切な一部分となったのです。

そういう意味で、趣味として熱心に能を学んだことは、私の人生に大きな影響を及ぼし、かつまたそれは、自分にとって本当に幸運なことだったと思います。

本気の趣味は自己実現につながる

熱心に能の稽古に打ち込んでいた当時、私は大学院で学ぶ二十代の学生でした。大学院の学生にとっては、勉強こそが仕事です。当然ながら一日の大半は研究の時間にあてられるわけですが、一方ではまた、博士課程に進んでからは、慶應義塾女子高校で非常勤の講師として、古文の授業も、週に十二コマほど受け持つこととなりました。

とりわけこの博士課程に進んでからの研究と、高校の先生として生徒に教えるための勉強は全くの別物です。そのため、私としては、大学院の研究に加えて、授業の教材研究も同時に行う必要があります。二つの勉強を同時に進めていくだけでも、時間がいくらあっても足りないくらいです。

そんな研究の合間を縫って能の稽古をしていたわけですから、毎日が時間との戦いでした。暢気《のんき》に遊ぶ暇はありませんし、娯楽の読書すらほとんど不可能です。その頃、唯一、楽しみにしていたのが大藪春彦のハードボイルド小説でした。

勉強と研究で頭が疲れすぎて寝付けない夜には、ハードボイルドの大藪作品のページをめくり、主人公の伊達邦彦などが縦横無尽に活躍する姿に快哉を叫ぶと、気分がすっきりして安眠できたのを覚えています。

大学院の勉強、高校教師の勉強、能の稽古、ハードボイルドと、頭を切り替えながら過ごすめまぐるしい日々でしたが、若かったこともあり、当時は四時間程度の睡眠時間で毎日を乗り切っていたものでした。

では、どうして忙しい日々の中で、趣味の時間を死守していたのか。

今考えると、どこにそんな情熱があったのかと、自分でも不思議に思います。ただ、一ついえるのは、「できなかったことができるようになる」ことが人間の大きな楽しみであるということです。

能の舞にしても謡にしても、よほど稽古をしなければできるようにはなりません。それでも、繰り返し稽古を積み、徐々にできなかったことができるようになる過程が楽しく、そこに醍醐味を感じていました。

単に楽しむだけの趣味は味気ないものです。

「カラオケで歌うのはただの道楽。音程が外れていようがどうしようが、酔って気分良く歌えればそれでいい」

そう考えるのは個人の自由ですが、その程度のことでは、大事な人生の時間、一度過ぎてしまったら取り返しのつかない命の時間を無駄にしているように思えてなりません。

趣味をやるなら真面目に取り組むべきです。人から笑われようとも呆れられようとも本気で、大真面目にやったほうがいい。「趣味だから、まあこの程度でいいだろう」という限界を定めずに、無限の向上心と熱意とを持って、ともかくやめることなく継続する。継続すれば、必ず上達できますし、最終的には、それが思いもかけない自己実現にもつながるというものです。

真剣にやったところで所詮《しょせん》趣味は趣味であり、プロになれるわけではないというのは、その通りです。

例えば、歌手になりたいと思ったところで、現実に歌一本で食べていける人はほんの一握りです。実際に、生きていくためには歌手になる夢を諦め、会社員になった人もたくさんいることでしょう。

だからといって、歌うときには、適当に歌っているのではつまらないと思うのです。仮に会社に勤務していても、あるいは学生であっても、自分の余暇の時間の中で、きちんとした先生に師事して、個人レッスンを重ね、寸暇をぬすんで、自宅でも練習を繰り返せば、歌唱力は確実に上達します。十年、二十年経てば、人前で聴かせられるだけの実力を得ることもできます。

私は四十歳を過ぎてから能楽をやめ、声楽を趣味とするようになりました。プロの声楽家の先生に師事して、寸暇を惜しんで練習を重ねた結果、プロの声楽家と一緒の舞台を踏めるくらいのレベルに到達しました。いま声楽を学び始めてからおよそ三十年になりますが、その間、いつも思っていたことは、「上手な玄人にはなれないだろうけれども、下手な玄人のレベルには達したい」ということでした。「上手な素人」では飽き足りないものを感じるのです。そのためには、声楽の稽古には、かならずプロのピアニストに伴奏をお願いして、楽譜を読み、分析し、あるいは名人上手の歌唱をよく聴いて真似するなど、ともかく考えられるあらゆる努力をそこに傾注する、というのが私のやりかたでした。適当な発声や技術で、そこらのカラオケで歌う程度で満足していたら、どこまで行っても素人芸に過ぎず、人に聴いていただくというものにはなれないだろうと思うのです。

上手い人の歌を聴いて「あんなふうに歌いたい」と思い、「どうしたら歌えるようになるだろうか」と考え、先生から「どうしたらいいか」ということを教わる。そういう地道な努力の先に、自己実現への道が開かれます。それにはむろん先生やピアニストへの謝礼や、楽器や楽譜や音源の購入等々、しかるべき費用が必要です。その費用は惜しんではいけないのです。私は一切酒もタバコもやりません。むろん前述のように賭事のたぐいも一切かかわりません。そういう「道楽」に費やす金子はゼロですから、その分を、創造的な、向上的な趣味の勉強に注入するので、その費用はすこしも惜しいと思いません。

豊かな実りを得るためには、耕す努力や、必要な肥料の購入が必須です。そこを惜しんで自己流でなにかをやっているのでは、結局それは無駄ごとになるであろうと、私は思っています。

本書では、そういった自己実現につながる、前向きで真面目な趣味を提案していくつもりです。

第二章
これから始めたい人、もっと究めたい人へのアドバイス

「定年後は趣味三昧《ざんまい》」という大きな誤解

今、仕事や育児、介護などに追われている人の多くは、

「忙しくて、趣味の時間どころではないよ」

「まあ、定年になったら、思う存分趣味に情熱を注ぎたい」

などと考えているかもしれません。

しかし、「今より自由な時間が増えたら趣味を楽しもう」という発想は大きな間違いです。「暇有るを待ちて書を読まば、必ず書を読むの時無けん」という箴言《しんげん》もあります。いつか暇ができたら……というのは、自分の怠慢に対する言い訳のようなもので、世の中では、忙しい人ほど、案外に豊かな趣味生活の時空を確保していたりもします。ですから、今日のわずかな時間をも無駄にせず、努力して趣味にあてる、という発想に今すぐ転換する必要があります。

もう少し具体的に考えてみましょう。

仮にいま、会社員として仕事をしている人のことを考えてみると、一日少なくとも八

時間程度を会社に拘束されていることだろうと想定されます。

そこで、二十四時間から八時間を差し引き、さらに通勤時間や食事などの生活時間、睡眠時間などを引いていくと、自由に使うことができるのは、せいぜい二時間程度でしょうか。

もし職住接近で、通勤時間がごく少ないのであれば、もう少し趣味にあてる時間を確保できるかもしれませんが、多くの人は、そういうわけにもいかないことでしょう。また、子育てに追われている人や、年老いた親たちの介護をしている人ともなれば、一時間を作るのもやっとかもしれません。

重要なのは、そのわずかな時間をどう使うかです。お酒を飲んでストレスを解消しようと思ったら、趣味を楽しむのは不可能です。アルコールを口にすれば、酔って何もできなくなり、もはや趣味どころではなくなります。

一日で自由に使える時間は、たった一、二時間なのですから、この時間を何よりも優先すべきです。

角野隼斗《すみのはやと》さんというピアニストがいます。

角野さんは、プロのピアニストでありながら、東京大学大学院で研究者を目指していたという経歴の持ち主。ショパン国際ピアノコンクールに出場するなど、学問とピアノの二刀流で活躍し、現在は国内外で音楽活動を行っています。

彼のように、二つのキャリアをプロレベルで両立している人が世の中には一定数存在します。普通の人にしてみれば、「どうしてそんなことができるのか」と疑問に思われることでしょう。

しかし、誰だって一朝一夕に二つのキャリアを両立できたわけではありません。睡眠時間を削ってでも、毎日孜々《しし》として学問と芸術に時間を注ぎ、それを何年も続けてきたからこそ、両方の世界でプロレベルに到達できたのです。

世に出るような人には、もともとの才能はあったのでしょうが、才能だけで物事は成就しません。それなりのレベルを目指そうと思えば、才能に加えて十分な努力が求められます。

そうして、その努力をする上できわめて重要なのが、タイムマネジメントです。

自分自身の頭上に、自分をコントロールする管制塔のようなものを持ち、絶えず自らの時間の使い方を律《りつ》するということです。

管制塔の機能が弱くなると、「会社帰りに、ちょっと一杯飲んで帰ろうか」とか、「まあ、とりあえずテレビでも見よう」とかいうことになります。

会社の昼休みに食事を終えた後、漫然とさしたる意味もなく、スマホを見続けるというのも、この管制塔の機能が脆弱《ぜいじゃく》になっている証拠です。

そもそも、会社で忙しく仕事をしているという生活の中でも、業務から外れるところでは、かならず自分の時間を確保する、という「覚悟」を持つことが肝心です。この覚悟がないと、自分の時間などあっという間に雲散霧消してしまいます。

「何かを始めたい」と考えている人は、その希望を先延ばしにしないことです。「ピアノを習いたい、絵を描きたい」などなど、そういう願いがあるならば、どうか明日からといわず、今日ただいまから趣味を始めるくらいの意気込みを持ってください。

『徒然草』の第百八十八段に、つぎのようなことを言ってあります。いまこれを拙著『謹訳徒然草』で読んでみましょうか。

「人がたくさんいるところで、ある者が、

『ますほの薄《すすき》、まそほの薄などと言うことがある。これについては、渡部《わたのべ》の聖が、その謂われを知っている』

と語ったのを、登蓮《とうれん》法師という、その場におった人が、聞いて、ちょうどその時、雨が降っていたゆえ、

『こちらに蓑笠《みのかさ》がありましょうか。あったら貸して下され。その薄の伝授を受けるために、渡部の聖のところへ尋ねて行きましょうほどに』

と言った。その事を聞いて、

『なんとせっかちなお人じゃ、雨が止《や》んでから行かれたらよさそうなもの』

と、人が言ったところ、

『とんでもない事を仰せになるものじゃ、人の命の儚《はかな》さは、雨の晴れ間を待つまで生きていられるかどうか、知れぬものよ。もしその前に自分も死に、聖も亡くなられでもしたら、いったい誰にそのことを尋ね聞くことができようぞや』

と言い言い、走って出ていった。そうして、ついには無事このことを聖に習い申したということを言い伝えているのは、まことに度外《どはず》れて奇特《きどく》なことと思ったことだ。

『敏《と》きときは則《すなは》ち功《こう》あり（敏速であれば則ち成功する）』と『論語』という書物にも出てござるそうな……」

ということが書かれています。「ますほの薄・まそほの薄」というのは、どちらも同

じ語の言い訛りにすぎないのですが、いずれにしても薄の穂先の赤みを帯びた状態を言う、和歌のほうで使う言葉です。そういう歌の道の知識というようなことを知りたいと思った登蓮法師が、万事をなげうってそのことを聞きに走ったという話で、そのくらいつまり人間の命などはいつ突然に果てるともしれないものだから、知りたいことがあったら、余事をなげうってでも、即座に知る努力をしたほうがいい、ということを教えている一条です。

この「まそほの薄」談義を、趣味への希求と置き換えても、この教訓は十分に意味を持っていることだろうと思います。

なんといっても、人生は一度きりです。しかもその人生が、いつ突然終わるか、そんなことは予測できないことにほかなりませんね。それゆえに、この取り返しのつかない時間を無駄にせずに、やりたい趣味があるならば、もう余計なことをしていないで、すぐにでも着手したほうがいいということです。

それなのに、「よし、ひとつ定年になったら、それからゆっくりと趣味を楽しもう」などと悠長に構えていたら、実際に定年になってからの年月も、結局何もせず終わる可能性が大です。だいいち、いざ趣味を始める気になっても、定年を迎えた途端に病気で入院したり寝たきりになったりしたら、もはや決して取り返しはつかぬことゆえ、悔やんでも悔やみきれません。

自分がいつまで健康で趣味を楽しめるのかなど、誰にも予想がつかないことです。今、後の人生の中で最も若く、気力も体力もあるのは「今現在」の自分です。

ですから、本気で趣味を始めたいなら、どんなに忙しくても今すぐ着手すべきです。あれこれ考えているひまに、まずは、とにかく始めることが大事です。

「趣味探し」は過去の経験がヒントに

ところで、趣味ということについて、私はよくこんなことを訊ねられます。

「これから新しく趣味を始めるとしたら、何がいいでしょうか？」

つまり、何か趣味を豊かに持ちたいけれど、いままで仕事ばかりしていて無趣味な人生だったので、いったいこれから何をしたらいいか、そこがわからないというわけですね。

そんな質問をされたとき、私は「自分が、たとえば高校生だった時分に、やりたかったことを思い出せばいいんじゃないですか」とアドバイスするようにしています。

どんな人でも、生まれてからずっと無趣味だったということはないはずです。例えば、子どもの頃はプロ野球選手に憧れていた、中学時代は本が好きで小説家になりたかったなど、自分史を振り返ると、若い時代に好きだったことが、必ず一つや二つはあったはずなんですね。

しかし、現実には、受験のために勉強に集中しなくてはならなかったり、学校を卒業して社会人として働くのにあくせくばかりしているうち、いつの間にか目の前の課題や生活に追われて、若かりし日の夢や自己実現は果たされないまま過ごしてしまって……という人がじっさい多いのではないかと思われます。

そんな中で、自分の時間を取り戻そうという意識を持ち、趣味を始めようと思った「今」は、非常に大きなチャンスです。「まだ若くて未定形の自分」が、漠然とやりたかったこと、夢見ていた未来を思い出してみましょう。

その頃スポーツの選手になりたかった人は、ただちに何の競技でもあれ、スポーツにとりつけばよいのだし、画家になりたかった人は、絵の具でもクレヨンでも買って、まずは自己流でもいいから、絵を描くことに取りついてみればいい。

とにかく「もういちど、自分の人生を生き直す」という心がけで、趣味を発見するのです。

私自身を振り返ると、小学校に入学した頃から、ヴァイオリンを習っていました。どうしてヴァイオリンであったのかということについては、自分ではまるで記憶がないのですが、なんでも母などに聞いたところでは、別段親が習わせたのではなく、私のほうから、どうしてもヴァイオリンを習いたいと言い張ったのだそうです。

とはいえ、その時代には、今ほどヴァイオリンの教室などがあったわけでもなく、親はいろいろ調べて、M先生という年配の男の先生に習うように手配してくれました。ところがその先生が、もう渋い顔したおっかない老先生だったこともあり、なにかと叱られてばかりいた私は、だんだんとレッスンに通うのもさぼるようになり、しまいに、小学校四年生の頃に家を引っ越したのを境にヴァイオリンはやめてしまいました。今から思うと、いかにももったいないことをしたと思うのですが、きっと、そこまでの才能がなかったのでしょうね。

とはいえ、音楽自体はとても好きで、歌なんかもしょっちゅう歌っていましたし、小学校高学年では、学校のハーモニカの合奏団に入れてもらって、あれこれの曲をたのしく吹いていた記憶があります。高校時代は、学校の芸術科目は絵画コースをとったので、音楽の授業はなかったのですが、ちょうどその頃アメリカのモダンフォークソングがブームであったこともあって、独習でフォークソングのギターを弾くことを覚え、大学時代は、もっと本格的にクラシックギターの練習に励んだものでした。

しかし、よくよく思い出してみると、私が音楽好きになったのは、家族の影響が大きかったかもしれないと考えています。母は大正生まれのモダンガールで、声楽が大好きで、ラジオやテレビからオペラ歌手の歌声が聞こえると、嬉々として聞き入っているような人でした。若い時代には、学校や地元サークルのコーラスなどにも積極的に参加して、歌うことを楽しんでいたのを覚えています。私もそういうコーラスの練習について いって、『どじょっこふなっこ』などの歌を、大きな声で歌った記憶がうっすらと残っています。

兄も音楽が好きで少年時代にはマリンバを習って演奏していましたし、高校から大学にかけては混声合唱団で活動していました。また、妹は小さい頃からピアノを習い、小学校から国立《くにたち》音楽大学の附属小学校に入学し、大学までピアノを続けていました。

こんな具合に、いつも誰かが何かしらの音楽に関わっている家庭に育ったことで、私は特別意識することもなく音楽好きになっていたのです。

大学卒業後は前述したように能に傾倒し、西洋音楽は聴いて楽しむだけでした。もっとも、母が西欧のオペラ歌手たちの歌う音楽番組を愛好していたことの影響もあって、自分も『冬の旅』（シューベルト）など、歌ってみたいなと思い、まずは楽譜を買い入れて眺めてはみたのですが、いざ歌うとなると、とうていこれは独学では無理だということがわかってきて、声楽は挑戦するまえに、あきらめている自分がいました。


しかし、思わぬところでチャンスに遭遇するのが人生というものです。

私は一九八四年から八七年まで、日本の古典籍の書誌学研究のためイギリスに留学しました。その際、偶然の導きによって著名な児童文学者であるルーシー・マリア・ボストン夫人の住むマナーハウス（領主館）の離れ（アネックス）を借りて住むことになりました。

その館には、折々に世界的な音楽家が訪れ、夫人を楽しませるためのホームコンサートが開かれていました。そうして、コンサートの終演後には食事や歓談を楽しむのが常であり、私もそれらの音楽会やその後の会食に招かれて、世界一流の演奏家たちの音楽を、古き館の邸内で聴き、またそれらの音楽家や批評家、あるいはケンブリッジ大学の学者たちと食事やお茶をともにするという幸運に恵まれたのでした。そういうとき、またリラックスした空気のなかで、再び音楽を奏でる人もあり、音楽談義に花を咲かせるというようなこともありました。

あるとき、ボストン夫人から「あなたも良い声をしているのだから、日本の歌を歌ってくれませんか」と言われ、能の謡曲を謡ったことがあります。すると夫人は「あなたはせっかくそれだけの声を持っているのだから、能楽よりも、本格的に声楽をやってみたらいいと思いますよ」と言ってくださったのです。

それを機に、にわかに声楽に興味がわいたものの、どこで声楽を習えばいいのかもわからず、帰国後も声楽ではなくて、能楽に没頭したまま過ごしていました。

その後、『イギリスはおいしい』という本が予期せぬベストセラーとなり、そこから、さらに縁あって東京藝術大学音楽学部の助教授に任官するというまたとない幸運を得て、いよいよ声楽を学ぶ絶好の機会が巡ってきました。藝術大学に行けば、一流の専門家に声楽を教えてもらうことができます。

最初は、授業が終わった後の時間に、研究室の副手であったソプラノ歌手洪純玉《ホンスノ》さんに基礎を教えてもらうところからレッスンをスタートしました。藝大にはどの教室にもピアノが置いてあるので、空き教室を見つけては先生にピアノを弾いてもらいながら稽古していたのを思い出します。やがてテノールの勝又晃さんや、バリトンの田代和久さんに師事して、発声の基礎から、本格的なレッスンを受けるようになり、声楽が私の人生に欠かせない趣味となったのです。

この経験から得られる教訓は、「過去の経験のなかに今の趣味につながるヒントがある」ということです。そうやって、声楽を勉強するようになって、はや三十年にもなりますが、やはり自分はつくづく声楽的に「歌う」ことが好きなんだなあという自覚があります。それはきっと母からの遺伝でもあり、母が若かった頃にやりたかった声楽を、いま世代を超えて私が実践している、という面もありそうに思います。

こんなふうに、若かった頃に自分が何をやってみたかったのか……それを思い出してみて、その頃実現しなかった練習やレッスンに、いま一度立ち向かってみるというのが、よりよい趣味をみつけるための近道のように思われるのです。

自分の「適性」にあった趣味を選ぶ

ところで、人にはそれぞれ「適性」というものがあります。

趣味を始めるなら、適性があるものを選ぶに越したことはありません。

適性は才能に近い言葉ですが、才能が「生まれつきの優れた能力」だとすると、適性にはもうすこし幅広いニュアンスが含まれます。単に得意というだけでなく、それをしている時間が楽しくて寝るのも忘れてしまう、ずっとやっていても苦にならないというのが、適性があるという証拠です。

私自身の適性を振り返ってみると、真っ先に思い浮かぶのは絵を描くことであり、とにかく子どもの頃から絵を描くのが大好きでした。文章を書くのも小学生の頃から好きで、小学校の学級新聞などにせっせと小説のような文章を書いていた記憶があります。

また、これは一人の楽しみだったのですが、なにか空想の動植物などを考え出して、その形態や生態などを百科事典的に書いて楽しむ、なんてことを小学生の頃には飽きることなくやっていました。あの頃のそういう作文が残っていたら、ちょっと面白いものだったと思うのですが、残念ながら何度かの引っ越しを経て、すっかり無くなってしまいました。そんなわけで、いったん文章を書き始めると止まらずに、いくらでも書き続けることができたのですから、これはやはり文章を書くということが私の適性にあっていたのだろうと思います。

世の中には趣味で文章を書くために、カルチャーセンターで「エッセイの書き方講座」などを受講するという人がたくさんおられますが、私にはそのようなことを思ったことが一度もなく、そもそも文章を習いたいという感覚が、正直なところよくわかりません。

勉強にも適性があったように思います。勉強する前は「あーやりたくないな」とか「嫌だな」という気持ちになるのですが、実際に始めると次々に興味が連鎖していって、しまいには寝食を忘れて没頭してしまいます。

自分の子どもや孫を見ていても、特性のあるなしは明確に分かれます。息子には全く絵心がなく、いつまで経っても五歳の幼児のような絵を描いていたのですが、同じ親から生まれているのに、娘のほうは小さい頃からなかなか面白い絵を描いていました。そうして、ついにはロンドン大学のゴールドスミス芸術学校でアートを専門に学ぶようになりました。孫たちのなかにも、同じようにピアノの先生について習っていても、全員が同じようには進歩せず、どんどん先へ進んでいって、演奏にもなにかセンスが感じられるという子と、なかなかそうでもない子といて、やはりそこは適性があるかないかという違いが感じられるところです。

すると、適性のある子は、上手に弾けるのが楽しいから、たくさん練習する。たくさん練習して上手になるのが自分でも実感できるから、さらに練習する。先生や周りの大人たちからも褒められるから、さらに練習して上達するというサイクルに入っているのが傍目に見ていてもよくわかります。音楽家になるかどうかというのは、それとはまたちがった「才能」の有無が関わっているので、ちょっと別のことになりますが、すくなくとも人生の楽しみとして音楽や絵画を楽しむということについては、それぞれの適性の在りどころを自覚しておくことが必要かなと思います。

よく観察していると、音楽に適性がない孫でも、たとえば歴史などの勉強が好きで、大変読書家の子がいたり、奔放な感性で面白い絵を描く子がいたり、造形に無類の力を発揮する子がいたり、それはもう演劇とか運動とか、何かしらの適性を持っていることが観察できます。そういうことは人それぞれ、どなたにも何らかの適性があると思いますから、ともかく好きなことを見つけて、やみくもに取り組めばいいのです。

いっぽう、「周りの人がやっているから自分もやらなきゃ」などと、外圧的な理由で趣味を始めても、さあどうでしょうか……、もしそこに適性がなければ、やっても上達は覚束《おぼつか》ないし、上達しなければ、全然楽しくないし、結局それはどこかで挫折してしまうかもしれないというものです。どんないい先生に習ってみても、もともとの適性のないところには成功も楽しみも生まれないだろうと言わなくてはなりません。

そもそも、まるっきり適性のないことに努力してみても、成果はあまり期待できません。もともと運動がへたくそな私にとって、仮に短距離競走などに志したとしても、たぶん筋肉の質がそういう方面には向いていないのでしょう。たちまち足腰の筋肉や腱などを傷めてしまうのが落ちでありましょう。といって、長距離走はどうかと言えば、これがまた、心肺機能が生まれつき弱いものと見えて、すぐにへばってしまいます。そこをがんばって、夏休みに毎朝数キロのジョギングを試みたことがあるのですが、当時大学生だった私は、二週間ほど走ったところで、足の甲の腱鞘炎になり、さながら陸に上がった人魚姫よろしく、とてもじゃないけれど痛くて歩けないという状況に陥ってしまいました。

こんなことで、よく高校時代ラグビー部でやってこられたと、自分ながら感心しますが、それでもその後遺症でぎっくり腰になり、それが一生の宿痾《しゅくあ》となってしまいました。

水泳もまるでだめで、これは小学校の頃のプールのときから、ほかの子どもたちが先生の指導を得てすいすいと泳げるようになっていくのを尻目に、いくら腕を掻《か》き足をばたつかせてもさっぱり前に進まないし、たちまちプール性結膜炎にはなってしまうし、ともかく毎年夏がくるたびに、水泳の授業は苦悩の種でありました。

臨海学校に行ったって、むろんちっとも泳ぐことができるようにはならないし、しまいにクラスのみんなが遠泳などに出かけたときには、私はまちがいなくおぼれてしまうと自覚して、断固としてこれを拒否したものでした。

また、スキーなどというものも、これで適性のない人間にはまるで見込みのない運動で、高校の時には、学校のスキー教室に参加し、大学生になってからも、スキー場に行ってはスキースクールにも行きましたが、結局、ボーゲンでのろのろ降りてくるという以上には進歩せず、どんどん上達して、かっこいいところを見せつけてくれる級友たちを苦々《にがにが》しく眺めるだけのことでありました。

かにかくに、陸上、水泳、スキー、スケート、鉄棒（低鉄棒での逆上《さかあ》がりがまるででっきずに、夏休みじゅう特訓をしてもらって、やっとできたというていたらく、そんなことを努力してできるようになっても、ちっとも嬉しくはないのでした）、野球、ドッジボール、ボート、テニス、剣道、等々、ありとあらゆる運動にはまるで適性がないので、私は今にいたるもゴルフなんか一回もやったこともなし、やろうとも思いません。

そこで、私は趣味・娯楽としては、スポーツというものは一切除外して考えるということにしています。ラグビーだって、いいかげん高齢になっても昔の仲間でラグビーを楽しむという人たちもいることは知っていますが、私は決していたしません。

まずは脚下照顧して、オノレを知ること、そこからよろずの趣味は始まると思うことがたいせつです。

うまくいかない趣味は続けなくていい

趣味を始めてみたものの、どうしてもうまくいかない。まったく見込みがないように思われる。そんなときは、無理をしてまで続ける必要はありません。

私にも、大人になってから始めてみて、全然物にならなかった趣味があります。その一つはピアノです。

ピアノを始めたのは藝大の教員になってからであり、四十歳を過ぎてからの挑戦でした。藝大の教え子に先生になってもらい、買ってきた教則本を読みつつ、ごくごく基礎のところから練習してみたのですが、しばらくやっているうちにまるで見込みがないとわかりました。

なにしろ、手がまるで動かないのです。ピアノは右手と左手で違う動かし方をするわけですが、これにもまったく対応できません。子ども時代に訓練をしていたならまだしも、全くの初心者が、中高年になってから、自在に滑らかに手を動かすのは至難の業です。

半年ほど頑張ったのですが、これ以上の伸びしろはなさそうだったので、あきらめて練習をやめました。自分が下手なピアノを弾くよりは、ピアニストに伴奏をしてもらって歌うほうがいいと割り切ることにしたのです。

もちろん、世の中には中高年からピアノを始めても素晴らしい技量に到達した人の例は存在します。

最近有名なところでは、佐賀県のノリ漁師である徳永義昭さんという人がいます。徳永さんは、五十二歳のとき、フジコ・ヘミングさんの演奏に感動し、独学でピアノを学び始めました。

ノリ養殖の仕事のかたわら、一日十時間にも及ぶ練習を続けた結果、プロでも演奏が難しいといわれるリストの『ラ・カンパネラ』を弾くことができるようになったのだそうです。今では徳永さんをモデルにした映画の制作も進められているといいます。

こういう話を聞くと、何事も簡単にあきらめずに努力することの大切さを感じるわけですが、一方で趣味に時間をかけてばかりいられないという現実もあります。会社に勤務している人の多くにとって、前述したように自由にできるのは一、二時間程度であり、一日十時間を趣味に注ぐのは非現実的です。万事をなげうって趣味に没頭できるならよいのですが、残念ながらそれが許される人ばかりとはいえません。

やはり、自分に使える時間と、適性と、伸びしろ、それらを正確に見極めた上で続ける・やめるを判断していく必要があるでしょう。

芸術は「鑑賞型」より「実践型」のほうが断然おすすめ

趣味にはさまざまなジャンルがありますが、これから始めようとする人にぜひおすすめしたいのは芸術《アート》です。

芸術のない生活は、潤いのない殺伐たる生き方のような気がします。

ここでいう「芸術」には音楽や美術だけでなく、詩や小説、俳句や短歌などの文学、絵画や写真、さらには演劇や工作、園芸なども含まれます。

経済や経営、法律といったものが社会に必要なのは理解していますが、それだけで人は幸せになれるわけではありません。いくらお金があっても、それだけではきっと人生は退屈なものに終わるでありましょう。

私にとって、仕事は生きていくためにやらなくてはいけないエッセンシャルな基底であり、芸術は人生を豊かにするために不可欠な上部構造というようなものと捉えています。アートは、一見すると不要不急の娯楽のように見えますが、実は生きる上での切実な営みなのです。

芸術趣味は大きく鑑賞型と実践型に二分されます。

すなわち、音楽を聴く、絵画を見る、芝居を鑑賞する、などもっぱら受け身の形で芸術に接する場合と、音楽なら演奏する、絵なら描く、芝居なら自ら演技する、などなど実践的・主体的に楽しむという場合がありますが、私は圧倒的に後者の主体的な接し方をおすすめします。受け身でなくて、主体的にこれに取り組む、芸術はそうあって始めてその本格的な楽しみを教えてくれるように思うのです。

そもそも音楽や絵画などの芸術を鑑賞する人たちの多くは、プロの表現者に対して、無限の憧憬を抱いているのに違いありません。

ああ、素晴らしいなあと思い、それによって心を慰められたり、豊穣《ほうじょう》なものにしてもらったりもする。されば、できることなら、自分も同じように表現してみたいけれども、そこまでの才能も技術もないし、訓練を積んだわけでもない。とてもじゃないが、自分が満足できるようなレベルにまでは到底たどり着けそうもない……とそんなふうに思っている人が大半のような気がします。

それでも、プロが手がけた芸術作品を鑑賞すれば、何か豊かなものを得た気分にはなれます。こんなふうに歌えたらいいなあ、あのように見事に描けたら嬉しかろうなあと思いつつ作品や演奏を鑑賞する……つまり、一般人にとってプロのアーティストは、自分の代わりに表現欲求を満たしてくれる存在というわけです。

そうやって芸術を純粋に鑑賞して満足していることも、むろん正しい意味での趣味にほかなりません。優れた芸術作品に触れる時間には満足感や心の高揚がありますから、私自身も、そのような立場で、芸術鑑賞を楽しむ一人です。

しかし、やはり芸術を受け身的に「鑑賞」しているだけでは、どうしても満たされない「表現欲求」というものがあります。人は誰もが自分自身をなんらかの形で表現したいという欲求を持っていて、それは主体的・能動的に表現しないことには、十全には満たされないのです。

ですから、芸術をただ鑑賞するだけでなく、自らやってみてほしいのです。

「芸術は自分でやるものだ」と言うと、「自ら表現するなんて滅相もない。私は芸術をただ楽しく鑑賞できれば十分です」とかぶりを振る人がいるかもしれません。

そもそも、芸術が誕生した太古の昔には、芸術を専業とするプロがいたとは思えません。いわゆる performing arts にしても、最初は、感情を表現する手段や、宗教的な儀式として、歌や舞踊などの表現行為が自然発生的に生まれたはずです。

その表現行為は特殊な専門技術を持つ人にだけ許されていたものではなく、普通に暮らす人たちが担っていたと考えるのが自然です。今、お祭りのときに町の若い者や旦那衆が神楽や獅子舞なんかを舞ったりするのと同じようなものです。

最初は宗教や祈りなどと結びついていた表現行為が、時代とともに切り離されて、その技術を専門的に追求する人が現われ、生業《なりわい》とするようになった。これがアートの起源であり、一般人とアーティストの間に壁が生じる端緒《たんしょ》ともなったことでしょう。

今は専門性が極度に進んだことの結果として、「芸術は鑑賞するもの」と受け身的に思っている人が一般的かもしれませんが、本当にそればかりでよいのでしょうか。

芸術家たちが仲間うちだけで芸術を論じるようになれば、一般大衆と芸術家の乖離《かいり》が進む一方です。

芸術表現は、プロだけに許されているものではなく、すべての人に開かれています。アマチュアだって、受け手の立場のみに甘んじるのをやめ、素直に表現行為をすればよいのです。運動なんかでも、別にみんながプロのアスリートになる必要もなく、またそれはもちろん不可能です。しかし、休日の楽しみとして、あるいは仲間どうしの気晴らしとして、スポーツに打ち込むのは、ごく自然の営みです。芸術もそれとちょっと似たところがあるだろうと思います。

しかるに、芸術において、実践と鑑賞は表裏一体のところがあります。すなわち芸術は、少しでも自分でやった経験を持っているほうが、より深く楽しめるものです。絵を描いた経験がある人は、絵の見方にも熱意と深みが出ますし、音楽をやっている人は音楽の聴き方・味わい方が深くなります。それは、自分も経験のあるスポーツは、観ていてもより楽しく感じられるのと似ています。

例えば、長唄の心得のない人は、長唄と都々逸の区別もつかないかもしれないし、「喉を絞めたような声で、なんだか古くさいわけのわからない文言《もんごん》を歌っている」と思うくらいのものでしょう。

なにごとも、自分がやってみれば理解が一気に深まります。だから、何かをより良く観賞したいと思えば、その芸術をすこしでも実践してみるのが一番の近道です。

歌い方や絵の描き方などは、中学・高校の授業で一通りは教わっているかもしれませんが、それはなにしろ通り一遍の集団教育ですから、あまり効果はなかったかもしれません。そこを、専門の先生について、もっと本格的に学べば、学校では習わなかった技巧や作品の見かたなど、あるいは楽譜の分析《アナリーゼ》などを子細《しさい》に教えてもらえて、結果的に楽しさも倍増するはずです。そうすると、実践してみる前には気付かなかった、細かな筆遣いやら色彩の技巧などもしっくりと心に届き、また音楽ならば、名人上手の演奏の、深い到達点にも思いが至ることと思います。

そんなわけで、とにかく芸術を楽しみたいなら、まずは万難を排して、自分でやってみることです。別に自分がプロレベルに達する必要なんかありません。やればわかることがたくさんある、そのことが芸術を知るための必要な階梯《かいてい》だ、とそんなふうに言えるかもしれません。

趣味を始めるにあたっての道具選び、お金の費やし方

ここで、芸術を趣味として始める際の道具選びについて考えてみましょう。

道具を必要とする趣味は、ある程度の初期投資が必要となります。絵画なら画材、絵の具、キャンバス、画用紙、その他もろもろの道具類があらまほしいし、音楽なら、楽器が必須の道具ですが、これがまた、同じ楽器にもピンからキリまであって、懐具合と相談しながらも、どれを買おうかなあと迷います。

まず楽器のことから考えてみましょう。

初心者がいきなり最上級の楽器を買う必要はもちろんありません。

それでも、自分が余力の範囲内で買える最も良い品、つまりはできるだけ高級な楽器を買うことをおすすめします。

例えば、ピアノを始めるなら、電子ピアノではなく、やはり本物のピアノを買うのが望ましい。確かに、電子ピアノはコンパクトで置き場に困りませんし、アパートやマンションなどを住まいとしている場合には、隣近所への配慮も必要ですから、音を出さず

にヘッドフォンで聴きながら練習するという機能もあって便利ですね。そうして、何より比較的安価に手に入るのが大きな魅力です。でも電子ピアノは、どこまで行っても電子ピアノなんですね。その音は電子的な合成音ですから、なんというか音に揺らぎがない、のっぺりとして潤いが感じられないという気がします。そのため、電子ピアノの人工的な音では演奏表現が浅いところで行き止まりになってしまう嫌いがあります。やはりピアノの楽しさは、本物のピアノの音、すなわち絃をフェルトハンマーで叩いて、木製の共鳴箱で響かせる、そういうアナログな楽器でないと十全には味わえません。最近では、本物のピアノでも、電子的にヘッドフォンで音を聴くようにもできる装置がついている物がありますから、マンション住まいの方などは、そういう消音機能付きのを選ぶのも一つの手段です。

私の自宅にはアップライトピアノとグランドピアノの二台があり、そのほかに電子ピアノも一台備えてあります。もともとはアップライトピアノだけを所有していたのですが、声楽家や作曲家の友人からグランドピアノを買うことをすすめられました。

「林さん、どうせならグランドピアノを買ってはいかがですか」

と、そう言われても、すぐに購入する気にはなれませんでした。何しろグランドピアノは場所を取りますし、かなり高価です。

私は自分でピアノを弾いて楽しむわけではなく、声楽のレッスンや、グループで歌の練習をする際、ピアニストを呼んで伴奏してもらうだけなので、四六時中ピアノに触るわけではありません。グランドピアノを買うのは、少々贅沢というか、もったいないなという思いがありました。戸惑っていると、ある時、作曲家であり、かつピアニストでもある友人の伊藤康英さんが、こんなことを言ってくれました。

「ピアニストの立場から申しますとね、グランドピアノとアップライトのピアノでは、たとえて言えばベンツと軽自動車ぐらいの違いがありますよ。グランドピアノがベンツで、アップライトピアノは軽自動車。実際にグランドピアノをお持ちになれば、タッチも音質も違うし、音楽的な深みに圧倒的な差があることがおわかりになると思います」

その言葉を聞き、「なるほど。そんなに違うのか」と思い、グランドピアノを購入する気持ちに傾いたのですが、今度はピアノ選びという難問に直面しました。

新品のピアノは高すぎるので中古で買いたいけれども、ピアノが弾けない私には中古品の良し悪しが十全にはわかりません。そこでピアニストの友人に同行してもらい、一緒にあちこちの中古ピアノ店を巡りながら、手頃で良いピアノを探すことにしました。

あるとき、東京・国立の楽器店を訪れ、店主にいろいろ相談してみたところ、「それなら、ちょうどいいピアノがありますよ」と、在庫中の一台の中古ピアノを提案されました。

「国立《くにたち》音大で管楽器を専攻する学生さんが所有していたピアノなんですけど、管楽器の学生さんだから、ピアノはあまり弾かなかったとみえて、ほとんど傷んでないんです」

そんなふうに紹介されたピアノを友人に弾いてもらったところ、なかなかいい音がします。それに、弾きごこちも悪くない、ということでした。それが決め手となり、元音大生が所有していたグランドピアノを自宅に迎え入れることを決めました。

結論からいうと、グランドピアノを選んで良かったと思っています。声楽家や作曲家の友人たちが語っていたとおり、やはりグランドピアノとアップライトピアノでは音質が全然違います。

グランドピアノは鍵盤から直接に力が伝わってハンマーを跳ね上げ、それで音が出る仕組みになっており、ピアニストの指と絃とが、いわば素直に直接に連動するとでもいいましょうか、演奏するほうも、音の強弱・硬軟など表現しやすく、素早い連打をスムーズに行うこともできるのだそうです。一方で、アップライトピアノは鍵盤とハンマーの向きが同一ではなく、途中で打鍵のベクトルを九〇度変えるためのジョイントを経由するので、グランドに比べると、やはり表現の力では一籌《いっちゅう》を輸《ゆ》するところがあるというわけです。また、共鳴箱もグランドのように大きくはないので、音の味わいや広がりに乏しいところが避けられません。

ピアノの購入を考えている人に私の経験を踏まえてアドバイスするなら、懐具合と自宅の空間にある程度の余裕があるなら、最初からグランドピアノを買うのがよいだろうと思います。

もっとも、なかなかそういかない人も多いと思います。グランドピアノに手が出ない場合は、できるだけしっかりした型式のアップライト、それも難しければ小型のアップライトピアノの中古楽器の購入を提案します。アップライトピアノの中古なら、電子ピアノとおなじような値段で手に入れることができますから。

ただし、行き当たりばったりで探すのではなく、たくさんの在庫を持っていて、良心的な商売をしている中古専門のピアノ店で探してもらうことが肝心です。あらかじめ予算を伝えておけば、いいピアノを見つけてもらえるはずです。

楽器選び全般についていうと、基本的にいい楽器を買って損をするということはありません。いい楽器を買えば、長く使えるので結果的に得をします。

　安い楽器を買うと、だんだんと飽き足りないものを感じるようになり、結局は、もっと高級なものに買い替えるようなことが起きます。仮に十万円の安い中古楽器を買ったとしても、だんだん練習が進んで、後から五十万円の楽器に買い替えたら、最初の十万円は無駄な投資であったということになりましょう。

　五十万円というのは、確かにちょっとした金額であり、躊躇する気持ちもよくわかります。けれども、よく考えてみてください。日ごろ居酒屋やバーなどに落としている飲み代もぜんぶ集めてみれば、結構な額になりましょう。まして、百害あって一利なきタバコなんてものを吸っている人は、年に何万円を煙にかえているのでしょうか。そういう無駄遣いをやめて、その分のお金を良い楽器にあてればよいのです。

　それに、最初に五十万円を出してピアノを購入してしまえば、今さら簡単にはやめられなくなります。せっかく五十万円を投じたのだから、曲がりなりにも練習を続けていこうと、そのように思うところがあるかもしれませんね。そうやって、練習を続けていけば、そのうち元を取ったという実感が得られるというものです。

　絵画や書道などの趣味でも同じで、弘法筆を選ばずなどとは申しますが、それは弘法大師だからであって、私どもは、手に入る範囲内で、できるだけ良い道具を買い揃えたいものだと思います。絵や書を書くのに、良い筆を使うと使わないとでは、思うように書けるか書けないかというおおきな違いが出て来ます。紙や墨や絵の具などの「材料」も、高いものはそれだけの価値があるものです。無理するには及ばないけれど、手許の資金で買えるなかで、もっとも良い物を選ぶという心がけがあらまほしいものです。

自己流でやってはいけない趣味、自己流でいい趣味

さて、趣味を始めるにあたって知っておきたいのが、自己流でやってはいけないものと、自己流で取り組んでもよいものがあるということです。

前者の代表が音楽です。音楽のように技術が必要な趣味を自己流で始めると、確実に失敗します。例えば、運指を知らずに闇雲にサックスを吹いていても、ちっとも上達しないのが目に見えています。

技能を正しく効率的に習得するには、基礎からのメソッドをきちんと習うのが近道です。楽器などを習得する場合は、ちゃんとした先生のもとで個人レッスンを受け、レッ

スンを受けたら、次のレッスンまでに先生から教わったことを反復練習し、次のレッスンに備える、という地道な繰り返しが大切です。

これは歌に関しても全く同じです。YouTubeでは、さまざまな先生が歌唱テクニックを解説していて、非常に便利な時代になったのを感じていますが、現実にはYouTubeだけで歌を学ぶのは不可能だと言ってもよいと思います。

というのは、耳で外から聞く自分の声（これを外声《がいせい》といいます）と、内側から骨を伝って聴いている自分の声（こちらは内声《ないせい》といいます）は全然違います。歌が苦手な人は、この音の違いがよくわからないところに問題があるわけで、いくらYouTubeで歌唱法を学んでも根本的な解決にはつながりません。

ちゃんとした先生のもとで、発声法をマントゥーマンで教われば、色々な方法で声の出し方を矯正してもらえます。実際に歌ってみて、「それです、それです、その声です」とか「それは駄目です」などと逐一その場で言ってもらいながら、正しい声の出し方を自分でも実感しつつ習得していけるというわけです。独学では内声しか聴けないので、ほんとうにどんな発声をしているのか認識できません。自分では良い声のつもりでも、外に出ている声は全然良くないということが大いにあります。不思議なことに、音程までも内声と外声では違って聞こえたりすることもあるのです。大切なのは、どういう形で口腔内の形をつくって、どういう息遣いで声帯を振動させるか、それは結局外声として聴いてくれる人のアドバイスと修正なくしては、誰も習得できないという厳然たる事実があるのです。

個人レッスンというと、さぞかし高額なレッスン料がかかると思われがちですが、実際にはそれほど法外なお金はかからないものです。

まず、街中でよく見かける音楽教室やカルチャースクールで楽器を習う場合、毎月一万円程度のレッスン料がかかります。月三回のレッスンなら、一回あたりは三千円くらいということですね。そして、その半分程度が音楽講師の取り分となります。

一方、個人レッスンの場合、レッスン料は、一回五千円から一万円というところで、ただ、個人レッスンではそのレッスン料はそっくりそのまま、先生の収入となりますから、熱の入りかたもおのずから違ってくるにちがいありません。

もちろん、有名な先生にレッスンしていただきたいという場合はもっと高額なレッスン料が必要でしょうが、普通の人があえてそこまでの先生につくこともありません。

音楽教室と個人レッスンを比較すると、個人レッスンのほうがレッスン料は高額ですが、習熟度でいえば圧倒的に後者に分があります。特に良い先生の下で個人レッスンを受けると、成果は誰の目にも耳にも明らかです。

それに、じつは声楽についていえば、一人一人、声の出しかたや歌いかたのクセなど、みんな違っていて、それはもう百人百色です。そのため、何人もいっしょにレッスンをする集団レッスンでは、一人一人のクセなり美質なりを矯正したり伸ばしたりしてもらえることは期待できません。が、声楽については特に、一人一人みな違う、というところが鍵なので、たしかに個人レッスンでなくてはならない理由があります。

私は余計なことにはお金をつかいたくない性分で、普段はユニクロを着て、安価なソーラー時計を身に付けているのですが、しかるべき先生に教えを請うときには十分な御礼をしたいと考えています。

例えばピアノの弾き方などは、先生の下で教わる必要がありますが、だからといって何から何まで先生の真似をする必要はありません。先生の演奏をそのまま再現するだけなら、ピアノを弾く楽しみがなくなります。自分が弾きたい曲を弾きたいように弾くために、先生からエッセンシャルな技術を学ぶ。この原則を忘れないようにしてください。

また、先生にも良し悪しがあるという点には注意が必要です。資格を持っていたり生徒をたくさん抱えていたりすれば良い先生というわけでもありません。煎じ詰めれば、その先生のお人柄ということにもなりますが、演奏技術も一定の水準に達している先生であれば、あとはできるだけ親切でお人柄の良い先生につくと、進歩が早いというものだろうと思います。

先生との出会いは運しだいです。先生ばかりではなく、友人でも夫婦でも人との出会いは運しだいであり、結局は偶然と縁に左右されるものです。

もし素晴らしい先生に出会えたら幸運を喜べばよいだけのことですが、もし仮に最初についた先生が、どうも気が合わないとか、不親切だとか、あるいは演奏が気に入らないというような場合は、もっと親切で気の合う、あるいは演奏が自分の好みに合っている先生を探す努力をされたほうがよいでしょう。

俳句教室の功罪

いっぽう、文学の趣味、すなわち俳句や和歌、あるいは文章などの世界は、音楽などと違って誰かに教わったからとて、かならず上手くなるというものではありません。また、絵画なども、ある意味では自己流で取り組んだほうがよいという側面もある、と私は思っています。

例えば棟方志功は、あの独特な絵の描き方を誰に教わったのでしょうか。彼はゴッホに私淑して、その世界にあこがれたことは事実ですが、むろんゴッホに教わったわけでもなく、彼の内発する「力」がおのずから外に湧出《ゆうしゅつ》して光輝《こうき》を放っている、というものであろうと思います。

文章の世界で申すならば、夏目漱石や森鷗外も、文章の先生について学んだとか、だれか先人の模倣から文学を始めたというわけではありません。多少は先行の人に影響をうけたかもしれませんが、本質的には彼らの文章は、その心の中から自発的に湧き出てきた世界なのだろうと思います。だから、文学や絵画での創造を行うについては、必ずだれか先生につかなくてはいけないというものではなく、それはむしろ間違った考えかと思います。文学や絵画は、ほんらい自発的で誰からも独立の世界であるべきです。

先生に頼らず、すぐに始められる芸術の代表格が俳句です。俳句は紙とペンがあれば、すぐに始められますから、一生の趣味に選ぶにはうってつけの芸術といえます。

俳句を学ぶとなると、多くの人はカルチャーセンターの俳句講座に通ったり、俳人の先生が主宰する俳句結社に入会したりしなくてはいけないと思っているかもしれません。というより、そういう順序を経ないと句作などできないと思い込んでいます。でも、実際には講座や結社に入らなくても俳句を始めることはできます。むしろ私は結社などには属しないで始めたほうがいいと思っています。

五・七・五の十七文字で詠む
季語を入れる

基本的に俳句の作り方は、この二つを知っておけば十分です。あとは自由に句作をすればよくて、当面、それ以上に人から教えてもらう必要はありません。

いや、もしなにらかの学習が必要だとしたら、「古人に学べ」ということを強調しておきたいと思います。江戸時代の芭蕉や蕪村をはじめとする俳人たちののこした文雅《ぶんが》の世界、それを文庫本でもなんでもいいから、ただせっせと読み、感じ、味わう。それがなによりの勉強であろうと思います。

俳句の面白さは、五・七・五の十七文字に「それぞれの人の個性」もしくは「一人一人の人生」が凝縮して表れるところにあります。ところが、教室や結社の先生に俳句を教えてもらおうとすると、どうしても先生の見方や考え方、表現法をば「あが仏尊し《ほとけたっと》」とむやみに尊崇するということがあります。

せっかく表現された一人一人の個性が、一定の方向に矯正され、気がつけば先生を小型化したような句しか生み出せなくなります。

私自身、かつて有名な俳人の句会に参加した経験もあるのですが、どうしても違和感が拭い切れませんでした。というのは、参加者の全員が初めから先生の顔色を窺っていて、先生が気に入りそうな句ばかり作ろうとするのです。

それもそのはず、その句会では、先生は無制限に選句する権利を与えられているので、評価されようと思うならば、先生の作品を真似るのが早道なんだろうなあと思ったことでした。そうなれば、俳句は個性を表現するためにあるのに、個性を表現せずに先生を真似た句を作るというのが目標になってしまって、いささか本末転倒のところがあります。

どこまで行っても「自分らしい俳句」を作り、それが皆から選ばれて評価されれば、非常に嬉しい気持ちになります。俳句をするのなら、その喜びを手放すべきではありません。

俳句は教室や結社に入らなくてもできますが、それなりの勉強は必要です。まったくの初心者が俳句を作ると、アイデアの面白さを詩として成立させられず、川柳のような作品になりがちです。俳句はあくまでも文学であり、そこには詩情が求められます。五・七・五の十七字という限られた文字に詩情を込めるためには、表現のための豊かな語彙や季語などを知っておかなければならないわけです。

そういう意味で、勉強にあたっては、先人の句を読むのが一番だと言っておきたいと思います。芭蕉や蕪村といった、江戸時代の俳人たちが残した作品をじっくり読み味わうことは、結局なによりも有益な勉強のしかたですよ、と強調しておきたいのです。

季語の集成である「歳時記」には、季語の解説だけでなく、古今の先人たちの例句や名句が、数多く掲載されています。それらの句を丁寧に読み、漠然と意味を理解するのではなく、細かく味わうことが肝心です。「この言葉の背後には、どんな心情があるのだろう」「これはどんな景色なんだろうか」と想像し、よくよく考えながら読んでいくのです。

例えば、「古池や蛙《かはず》飛びこむ水の音」という有名な芭蕉の句があります。

「古い池に蛙が飛び込んで、ポチャンという音が聞こえたな」というのは誰でもわかるでしょうが、ではなぜ蛙の跳んだのが、湖ではなくて「古池」なのでしょうか。

そこに着目して「ふる」ということばの意味を考えてみましょう。「ふる」という語には、ふつう「古」という字を宛てていますが、もともとは「経《ふ》る」ということばと同じ根をもった語でした。

「経」の字をかいて「ふ」と読むのが終止形で、時が経つという意味ですが、その連体形が「ふる」です。つまり、「ふる」は時が経ったなにものかを形容する語で、それは単純に時代が古いということではなく、むしろ時間が経ったために、もう忘れ去られた存在となっているという含意を持っています。

例えば「古寺」というと、古いお寺で人から忘れられ、ひっそりと崩れかけているようなイメージがあります。いくら古いからといっても、法隆寺や東大寺などの名刹を「ふるでら」とは言わないのがふつうです。

つまり、ふる池は、できてから時間が経っているというだけでなく、「誰からも顧みられないままに時間の経った、そして雑草が岸辺を覆い、水にも緑の藻が生えているような小さな池」というイメージなのです。そんな池にポチャンと蛙が飛び込んだ。古池だから、静かで人気がないのです。そこでその古びた池から一瞬だけ音が聞こえ、またもとどおりに静寂に戻った――。「古池や蛙飛びこむ水の音」は、そういう詩情を含んだ句なのです。

こうした語誌的知識をもとに、一語一語丁寧に味わっておかなければ、本当の意味で俳句を理解するのは不可能です。こういう古典としての俳句は、なによりの俳句の先生であります。だから、古典作品をきちんと勉強すれば、俳句の作り方は自然とわかってきます。

俳句を勉強しようとするとき、入門書や初心者向けの解説書に頼る人も多いでしょうが、入門書にも出来不出来があるので要注意です。例えば私がおすすめしたいのは穎原《えばら》退蔵《たいぞう》の『俳句評釈』(角川文庫)です。上下二巻でさまざまな俳人の作品を取り上げたアンソロジーであり、穏当な解説をわかりやすく付し、またその鑑賞もよく理解できます。こういった評解書を一読するだけで俳句の理解は全然違ったものになります。

解説書を選ぶときには、読みやすく「なるほどな。もっと先を読もうかな」と思えるような文章で書かれているかどうかも重要です。あんまり難しいことばかり説いているような本は、その難しさに心折れて、読み進まないままに終わるということがありうるからです。その点、穎原氏の本は、解釈の態度も穏健妥当で、しかも文章が面白くかつ読みやすく書かれていますから。

「批評される」ことをおそれない

解説書を読んで古典を学びつつ、あとはとにかく句作に励むことが一番ですが、自分一人で作っていると、どうしても作品が独善的になってしまうおそれがあります。

進歩のためには、人からの批評を受けて、改善を繰り返していく過程が不可欠です。他人の批評を聞いているうちに、「こうすればもっと良かった」という改善のポイントが必ず見つかるので、自分の力で確実に句作をレベルアップできます。つまり、俳句好きの仲間を集め、助け合いながら学んでいくのは、上達につながるきわめて有効な方法といえます。

私自身、俳句の師匠についたことは一度もなく、俳句仲間と自学自習で句作を続けてきました。

そもそも俳句を始めたのは大学院生の頃です。江戸時代の俳諧を研究していたので、俳句を学ぶことは仕事の一つでもあり、研究するうちに俳句の面白さを感じ、時に応じて自作するようになったのです。

その後、俳人でもあった大学の先生から「句会をやるから林君も来いよ」と呼ばれる機会がありました。句会は未知の世界でしたが、実際に参加してそれぞれが詠んだ句を出し合い、批評し合ってみると、これがまことに楽しいのです。

しばらくは先生が主宰する句会に参加していたのですが、やがてその句会が閉会することになり、今度は自分で夕星俳座《ゆうづつはいざ》という句会を主宰するようになりました。それをもう十四年ほども続けており、共同の句集も刊行しています。

私は句会の同人にも「俳句は誰かに教わるものではないですよ」と常々アドバイスをしていますだから、同人にはカルチャーセンターや俳句教室に通って勉強している人など一人もいません。

夕星俳座は、毎月一度の頻度で開催されます。前もってお題（これを兼題《けんだい》と言います）を出しておいて、兼題句は少なくとも一句は出さないといけないという決まりです。その兼題句を含めて、それぞれが四句ずつ事前にメールで投句します。常時十五人程度が参加しますから、六十句程度集まることになります。

当日は、匿名のまま句を一覧化したリストを参加者に配り、各自が六句を選句します。うち一句を特選として二点、並選に一点を与え、得点を集計した上で高得点を獲得した句から、匿名のまま順繰りに合評を行います。

すると不思議なもので、一定の句に皆の選が集中します。その後「どうしてその句を選んだのか」を議論するのですが、その話し合いが和気あいあいとして楽しく、かつまた俳句の勉強の意味できわめて有益な時間なのです。

普通の句会では、主宰の俳人が自由に選句を行いますが、私はあくまで司会者であり、何の特権も持っていません。他の同人とまったく同じ立場で選句を行っています。

句会に継続して参加している人は、毎月おびただしい数の句を作り、毎月投句を行います。自作の句がまったく選ばれないときはがっかりしますが、皆の評を聞きながら「どういう句が評価されるのか」を学び、次の機会に活かします。

夕星俳座のような同好の士が集まる句会は、お互いに善意の批評をし合う場であり、そこで得られるのは耳を傾けるべき批判ばかりです。

「なるほど、露骨な説明に終わっている句は駄目なんだな」

「ふざけすぎる句も嫌われやすいということか」
「『もののあはれ』を感じさせる句は、やっぱり評価が高いぞ」

そんな学習を繰り返しつつ、誰に教わるでもないまま、自分で試行錯誤を続けます。かくして、諦めることなく、継続して句会に参加しているだけで、おのずと句作は上達していくのです。夕星俳座では、私が一方的に句作を指導することもありません。

ついでに言うと、私は夕星俳座をまったくのボランティアで運営しています。私は職業俳人ではありませんで、一個の同好者に過ぎないのですから、その点はみんなと同じ、ただ俳句に興味がある人たちと一緒に句作に励み、一緒に切磋琢磨《せっさたくま》することで俳句の楽しみを味わう、そのことだけで十分なのです。

句会の間は「先生と弟子」という上下関係などもいっさいなく、丁々発止《ちょうちょうはっし》と、お互いに自由な意見を戦わせています。そういう天気晴朗なる句会だからこそ、十五年近くも続いてきたのだと思います。

書道は先人の写本を見て真似をする

書道もまた、必ずしも教室に通ったりする必要がありません。もちろん、筆の持ち方などの基本的な技術は、入門書などを読んで習得するなり、字の上手な人の手さばきを観察して学ぶ必要があります。筆の持ち方でいえば、鉛筆やペンで文字を書くときのように、筆を寝かせた状態で書くときれいに書くことはできません。筆は穂先が垂直になるように立てて持ち、大きい字を書くときは指先ではなく、「肘から先に動かす」イメージで手を動かします。

こういった書き方の基本をある程度身に付けたら、あとは先生に教えてもらわずとも、自学自習で取り組めばよいのです。私自身も一度も先生について学んだ経験はないですが、悪筆ながら、まあまあ不自由なく毛筆での文字を書くことができます。別に展覧会に出すわけでもないので、その程度でいいかな、とは思いますが、それでも非常に美しい字に接すると、なんとかしてまたこういう字を書いてみたいものだと、その臨摸《りんも》に励んだりすることもあります。

よくいわれているように、「学ぶ」は「まねぶ（真似ぶ）」と根を同じくする語で、すべての学習の基本は真似ることにあります。書を真似るなら、歴史的に評価の定まっている古今の大家の作品を真似るのが一番です。

「この人の字はいいな」と思うお手本を見つけ、それを真似しながら自分の手で書いてみる。それが臨模という有効な練習方法です。

書道の世界には先人によるお手本が無数に残されています。王羲之《おうぎし》や顔真卿《がんしんけい》といった大家の手跡の複製本や写真集は多数出版されていますし、書道教室の月謝よりも安価に手に入ります。好きなものを買ってきて臨模するのが上達の一番の近道です。ちなみに、漢字と平仮名では書き方も字体も大きく異なるので、平仮名を書きたいなら御物本の『和漢朗詠集』などの古典の名筆を臨模するのが望ましいと思います。平安時代から中世にかけての公家衆の色紙や、名高い古写本などを、写真版を脇においてせっせと模写してごらんなさい。一夏の休暇を、そういう努力をして過ごしてみれば、あきらかに筆法がわかってくること請け合いです。

私も「どうせ書くならいい書を書きたい」と考え、学生時代に大学図書館から江戸時代の写本を借り出してきて、手許で和紙の冊子《さっし》に書き写す練習を、来る日も来る日も続けていた時期があります。

もちろん、一度臨模したくらいで同じように書けるわけはありません。どうすればお手本と同じような字になるかを考えながら、何度も何度も書いていく。そうやって繰り返しているうちに筆の運び方がしだいにわかってくるようになります。

当時は人に宛てて手紙を出すときには、必ず巻紙に毛筆で書くようにしていました。それだけでも、良い練習になります。

書というのは不思議なもので、書き慣れていくにつれ、悪筆は悪筆なりの味が出てきます。一生懸命真似て練習をしていくうちに、自分なりの個性が出てくるので、その個性を押し通していけばよいのです。

歴史上の人物でいえば、坂本龍馬や吉田松陰などは独特のクセのある字を書いています。そこには個性が投影されていて、それぞれの心のありようを感じさせるものがあります。西郷隆盛や福沢諭吉などもクセの強い字の書き手ですが、そのクセに魅力を感じるわけです。また賀茂真淵や本居宣長は、決して上手な字だとは思いませんが、それでもその細々とした筆跡の背後には、孜々《しし》として古典を写して勉強した心が表れていて、やはり感銘をうけるところがあります。つまり、王羲之や顔真卿のように書けなくてもいいのです。

逆に、書道教室などで徹底的に訓練して書かれた文字が面白いかというと、そうともいいきれないわけです。例えば、なにかの式典などの招待状などで、筆耕者《ひっこうしゃ》の手になる達筆の表書きを見ても、特に心動かされるということはありません。でも、棟方志功や、中川一政、あるいは熊谷守一《もりかず》など名画家の筆跡には、書道的には上手な字ではないかもしれませんが、おのずから馥郁《ふくいく》たる香気が宿っているのを感じます。

ペン習字などで「美文字」を習得することが無意味とは思いませんが、それは実用物としての文字であって、芸術としての文字とは異なります。

つまり、書道に基本的な技術の習得は不可欠ではあるものの、技術だけで芸術になると考えるのは間違いです。書道だけでなく、絵でも歌でも過剰に技術に頼ったものは、結局退屈に感じられます。

絵はとりあえず描き始めればよい

絵を描きたいと思ったときも、かならず絵画教室の門を叩かなくてはならない、というわけではありません。いや、まずは描いてみることが大切で、技術技巧のことは後回し、とりあえず描き始めればよいと思います。

技術的には拙くても、描いて楽しいと思えればそれでいいのです。

小学生用のでも構わないので、文房具店でまずは絵の具を買ってくる。

それから画用紙に鉛筆で描きたいものを描き、それに色を塗る。それだけだって十分絵になっているので、ヘタでも幼稚でもいいじゃありませんか。でも諦めずに、少しずつ写生の技術を練習したり、あるいはその途次で、絵画教室に通ってプロの画家からいろいろな技術を教わるというのも一つの方法です。こうして、ともかく描きたいものを描きたいように描く、それで何年も真剣に続けていけば、ヘタはヘタなりに、自ずと味わいが出てくるというものです。

前述したように、私は子どもの頃から絵を描くのが好きで、洋画家の先生について絵の描き方を学んでいましたが、高校に進学以後は二十五年近く、熱心に絵筆をとることはありませんでした。

ところが、一九九一年に物書きとしてのデビュー作となる『イギリスはおいしい』を、平凡社から出版することになったときに、挿絵を自分で描くことになりました。

「挿絵がほしいけれども、プロの絵描きさんに依頼する予算はないから、林さん、自分でお描きなさいよ」

と、同社の名物編集者だった山口稔喜さんにそそのかされて、ついつい戸惑いつつも挿絵を描いてみたのです。

今にして思えば、そのとき描いた絵の出来映えはまことに不本意であり、世に出すには恥ずかしいものでした。けれども、そこで恥をかいたことで、次はもっといい絵を描こうという意欲が湧きました。

そんなことをきっかけに、私は、鉛筆画、ペン画、水彩画など、たくさんの絵を描くようになりました。

絵を描くときに心掛けたのが、なにはともあれ、よくよく観察して「真似《まね》る」ということです。

そもそも私は、子どもの頃から何かをじっくり眺めることが好きでした。

遠足などで出かけた先で、切り通しの道を通ったりすると、そこに複雑な色の地層が露《あら》われていたりする、するとたんに興味がわき、地層ごとの色の違いや、そこに含まれている石の形や色や質などをじっくり観察して、飽きなかった想い出があります。

絵を描くときも、とかく子ども時代には、地面は茶色、顔は肌色、空は青、雲は白、というようなステレオタイプの色遣いで描きがちなものですが、私はそういうふうには見ませんでした。空といっても白に近いところ、水色のところ、雲の薄い濃い、灰色のやあかね色のや、色々あります。地面だって、よくみれば決して茶色なんかではなくて、ほとんど灰色だったり、そこに砂利が含まれていたり、石ころがあれこれと転がっていたりで、その細かな現実をクレパスでごちゃごちゃに塗って描いたものでした。そうするとなにしろ子どものすることですから、色が混じってしまって、なんだか汚い印象の絵になってしまう。そこを、当時学校で絵を教えてくださっていた坂本先生という画家の先生は、「ああ、よく観察して描いたねえ。色はいろいろあって、混じってるよなあ」とか言って、いつもたいへんに褒めてくれました。

そんなことが、私の心をますます絵を描くことに向かわせてくれたのだろうと思います。

大人になった今でも、絵を描く心得は同じこと、なによりも対象に肉薄して観察するところから始めなくてはなりません。

例えば、コップを描くとしたら、テーブルに置いたコップをまじまじと観察します。

そうすると、ガラスを通り越した向こう側は、少しゆがんで見えることに気づきます。あるいは、白っぽく光っていたり、暗く見えたりする部分もあります。

実物を観察し、「ここは光っているな」「この部分より、ここのほうが色が少し薄いな」という具合に分析しつつ、その通りに描いていけば、それなりに写実性も加わって、味わいのある絵になります。

椅子でも雲でも「どうすれば質感を表現できるか」を考えながら、何枚も習作を重ねていくうちに、自分で描き方がわかってきます。絵を描くことは、観察と、それにもとづいた発見の道筋だとも言えるかと思います。

そういう方法がある程度身につけば、今度は空想上の風景を描くこともできるようになってきます。

三宅克己《こっき》という戦前に一世を風靡した水彩画の大家がいます。残念なことに今ではほとんど忘れ去られてしまいましたが、私はこの画家の作品が大好きです。彼の作品をよく見ると、近いものほど濃く、遠くに行くにしたがって薄れていく描き方をしていることがわかります。一種の空気遠近法ですね。実際に、よく観察してみると、風景の見え方は、近いほど色が濃く見え、遠くになるほど空気によって薄れていきます。三宅克己の描いたのは、その現実をよく写したものにほかならないのでした。

かくして、よく観察して描く、また名人の絵をよく観察して真似る、そんなことを繰り返せば、やがて自分なりの絵の技法を発見することができると思います。

すべての基礎は「よく見て写す」「よく見て真似る」

繰り返しますが、書道でも絵画でも、すべての基礎は「よく見て写す」「よく見て真似る」にあります。

芭蕉の弟子服部土芳《はっとりどほう》の俳論書『三冊子《さんぞうし》』のうち、「赤雙子」の第三節に、つぎのような有名な言葉が出て来ます。

「松の事は松に習へ、竹の事は竹に習へ」と、師の詞のありしも、私意をはなれよといふ事なり。

これは、要するに少しく俳句などを手がけるうちに、だんだんと技巧に走り、上手ぶった句など作るようになると、それは一種の心がけの病で、私意によって観察観照がなおざりになるということを戒めているのです。そこで、またこんなことも言っています。

功者《こうしゃ》に病あり。師の詞にも「俳諧は三尺《さんせき》の童《わらべ》にさせよ」「初心の句こそたのもしけれ」などと、度々《たびたび》いひ出でられしも、みな功者の病を示されしなり。

ちょっと俳句が作れるようになると、すぐに上手ぶって気の利いたようなことを詠みはじめる、そこには真っ正面から対象を観察するまっすぐな心はなく、私意によってねじ曲げられた、ゆがんだ観察像があらわれてくる、芭蕉の教訓は、それを俳諧の病と見なしての戒めなのです。だからこそ、私意など始めからない三歳の童子に作らせよともいい、初心の句こそがたのもしいのだとも教えたのです。

これらの教えは、いま俳句を学ぼうとする人たちにとっても、常に意識しておかなくてはいけない、なによりも大切な教訓であろうと私は思います。

いっぽう、見て写すお手本は、趣味のジャンルによって異なります。

書道の場合は、名筆家の筆跡がお手本であり、集中してせっせとそれを臨摸することがなにはともあれ、学びの基本となります。

絵画の場合は、教室やスクールの先生のお手本を写してはいけません。先生のお手本はあくまでも現実を模写したものですから、観察する対象はお手本ではなくて、いま目前にある現実の風景や人や物でなくてはなりません。

写すにあたっては、光の加減から写していこうと思うかもしれないし、形から写そうと思うかもしれない。あるいは色から写していくなど、いろいろな方法論がありますが、いずれにせよ描くべき対象そのものを写すという点では共通しています。

対象をよく見て写すこと、その出来映えはかならずしも満足できるものではないかもしれません、あるいは思ったように精密に写すことができなかったかもしれません。でも、それでもかまわないのです。精密に写せないことで、「絵が下手な人」と評価されるかもしれませんが、そこで思いくずおれてはなりません。人の評価は人の評価、自分は自分なりに、ともかく何枚でも満足に近づくまで写し続ける。その心がけが上達の捷径《ちかみち》です。

例えば、ダ・ヴィンチやレンブラントのような絵を描くためには、写真記憶というごく特殊の資質が必要となります。写真記憶というのは、どんなものであれ一瞬見ただけで写真のように脳内に画像を記憶し、そのまま絵に描いて再現できる能力を指します。でも、そういう能力を持った人は、ほんとうに稀のうえにも稀で、これは一種の天才のみに許された能力だと言ってもいいかもしれません。

では、そんな能力のない人は諦めたほうがいいのか、といえばそれは違います。絵は必ずしも写真のように正確に写すことが必要なのではありません。写真記憶などはなくとも、おのれの情熱や個性を作品に表すことを目指せばよいのです。

実際に、プロの画家でもみんな写真記憶があるわけではありません。またかならずしも巧い絵を描けるとも限らないのです。そして、大して上手というのではないけど、どこか味わいを感じさせる作品だ、ということで評価されている人はたくさんいます。ゴッホなどもそうです。ゴッホの作品をよくみると、ぐにゃぐにゃとゆがんでいて、ダ・ヴィンチ的な上手さはありません。でも、芸術的な味わいでは他を圧倒していて、ゆがみはむしろ魅力となっています。下手でもあきらめることはなく、私たちもこういう独自の絵画世界を目指せばいいのです。

熊谷守一という洋画家がいます。子どもが描いたような稚気あふれる作風で知られ、上手いか下手かでいえば、決して達者な絵ではないと思いますが、私は大好きですし、美術界でももちろん高く評価されています。

熊谷守一がある日、縁側に寝そべり、じーっとしていたそうです。

家人が「何をしているのですか」と尋ねたところ、彼は「アリを見ている」と答えたそうです。

熊谷がじっくり観察して描いたアリの絵を見ると、確かに写実的ではないのですが、アリの運動性や自然の不思議さ、またアリの形をとおして、彼の純真な心や曇りのない目までも感じ取ることができます。だから、熊谷の絵を見る私たちは感動するのです。

例えば、家具店などに行くと、応接間に飾るための風景画などが売られています。たいていは渓流やアルプスの山々などの美しい風景が、手慣れた筆致で、まことに達者に描かれていますが、そういう「売り絵」には、心に訴えてくる物が何一つありません。

美しい風景を写真のように正確に描けばよいわけでなく、それよりもその風景や物に、どういう気持ちが投影されているのか、ということが重要です。優れた絵画作品には、描いた人の生き方や姿勢が投影されているからこそ、見た人に感銘を与えるのです。

趣味の王道!?　茶道や華道の落とし穴にご用心

もうすこし芸術分野の趣味について続けましょう。

芸術分野の趣味にはほかにも茶道、華道といった趣味があります。いわば「趣味の王道」というイメージを持っている人も多いかもしれません。とりわけ茶道は外国人観光客にも非常に人気で、日本の伝統を感じられる趣味として評価が高まっている印象があります。しかし、はっきりいって、現在多くの人が教室などで学んでいる茶道は、ちょっと本筋から外れているところがありはせぬか……、と私はすこし醒《さ》めた目で見ています。

よく知られているように、わび茶の様式を完成させたのは千利休です。

人と人とが付き合うとき、お酒が入ると諍《いさか》いの元になることがあります。けれども、お茶はいくら飲んでも正気のままでいられますね。ですから、あえて狭いところに集まって、みんなが親和的・文化的に交流するためのひとつのスタイルとして、茶道という芸道が確立したのです。

ですから、わび茶には「その辺にある欠けた茶碗でもいい」という価値観があります。本来の趣旨に照らせば、お茶の道具などどんなものでもよいはずです。

ところが、いつの間にかヒビが入ったような古茶碗に何千万円とかいうような法外な値段がつくようになり、それを人に見せて悦に入るような茶会が行われるようになっています。どうも、私にはこれ、一種のスノビズムのように思えてなりません。本来の趣旨からしたら、そこらの百円ショップで売っている茶碗で茶を供したっていいじゃないか、とそう思うのです。茶は金持ちの道楽ではなくて、庶民が心置きなく楽しめるもの、そうあってほしいと思うのですが、現実はだいぶそこからは離れてしまいました。

私はそういうふうな反発を感じるので、茶会などに招かれたりしても、いっさいお断りするようにしています。過去に、むりやりに茶会に駆り出されたことがあるのですが、大人しく座っていると、亭主が、いわゆる「茶話《ちゃばなし》」を始めました。

何を話すのかと思っていたら、床の掛け軸を示して、「これは飛鳥井雅経《あすかいまさつね》の歌でございまして……」などと、もっともらしく蘊蓄《うんちく》をかたむけるわけです。

長時間の正座で足も痛いし、別に茶話は面白くもないし、早々に帰りたいのに、周りを見渡すと、みんな着物などを着て、しゃちほこばって亭主の話を聞いています。

もっと自由な格好をして、そのへんにあぐらをかいたり寝そべったりしながら、自由にお茶を喫しながら雑談をするなら参加してもいいですが、どうしてわざわざこんな儀式張ったことをしないといけないのでしょうか。

茶道と比較すれば、華道はまだ部屋を美しく飾るという実益がある分、有意義な趣味のように感じられます。

ただ、日本の一般家庭にお花を飾るための座敷が、どれだけあるのかは疑問です。昔の武家屋敷みたいな、書院やお庭がある家に住み、床の間に季節折々の花を生けるならまだしも、2LDKのマンションで生け花をしてもなあ……と、正直そう思うのです。

そもそも、草花は自然に生えているものが一番美しい。それは私の確信というべき考えです。例えば、秋のはじめに、野山や田んぼのあぜ道いっぱいにススキが清々と茂っていて、白い穂が夕日を受けて光を放ちながら風にゆれている。そういう景物の美、人の手で作られた「園芸の草花」ではなくて、自然の、雑草の、野の風景にほんとうの美しさがあると、私は感じます。自然の力は偉大で、その芸術は人知をはるかに越えたところに幸《さきわ》うています。

せっかく美しく自生しているものをわざわざ取ってきて、花瓶に挿したら美しさは矮《わい》小化《しょうか》されてしまう。だから、床の間の花はそれなりにキレイではあるけれど、それとて大自然の大景のなかに自由に咲き競っている野草の美しさにはかなわない、と私は思います。

特に私が苦手とするのは花壇とか公園に、人工的に植えられた花畑です。なにがしの公園にネモフィラの青紫の花が咲き敷いている……といったところで、それは人がこれ見よがしに植えたもので、山野に自生するものではありません。イギリスのムーアのような自然のなかに、山野を覆い尽くして咲くヘザー（heather）の大景などは、それはもう息を呑むような美しさですが、人の手で植えられたものは、どうも書き割り的疑似自然としか私には思えないので、なんの感動も覚えないのです。○○公園の広大な敷地一面に花を植えて「映《ば》えスポット」を作ると、休日に大勢の人が押しかけてスマホやカメラのレンズを向けるわけですが、それより観光客など一人もいない原野に行き、そこに咲き敷いている野生の花を愛でるほうがいい。

だから、クリスマスのイルミネーションのようなものも、いっこうに見に行きたいとは思いません。

そんなことを言うと、「では、イングリッシュガーデンはどうなのか？」と聞かれることがあります。イングリッシュガーデンは、十八世紀頃にイギリスで確立された庭の様式を指し、草木を自然の姿に似せて作っているところに特色があります。つまり、イングリッシュガーデンというものは「一見自然らしく見える」ということがコンセプトであり、本当の自然の美しさとは異なります。

イギリスは、ほとんど極北に近く、非常に植生が貧弱な国でありました。これは旧知の生物学者から直接聞いた話なのですが、同じ広さの任意の土地を抽出して「何種類の植物が生えているか」を調査したところ、日本とイギリスでは桁違いの差異が見られたといいます。むろん日本が豊かで、イギリスは貧弱だというわけです。そこを押さえておかなくてはなりません。

日本のように温帯にあって、四季があり、天然に循環する水〈水蒸気〉が潤沢《じゅんたく》にあり、夏は陽光が燦々《さんさん》と降り注ぐ、という恵まれた天地には、非常に豊かな植生が自生しています。一方、イギリスのように、石灰岩台地もしくは泥炭地ばかり多く、もとより極北に近くて日照が少なく、冬は長くて気温が低く日照もほとんど無いような土地では、天然自然の植生が貧弱になるのは当然です。

これに対して、イギリスの貴族や富豪たちは貧弱な自然をなんとかしたいと考え、産業革命で得た富を用いて、世界中にプラントハンターという専門の採集者を派遣し、いろいろな樹木や草花を集めさせました。そしてその世界中から持ってきた外来の植物を広々とした庭に植え、疑似的に自然を「作り上げた」、それがイングリッシュガーデンというものの実相です。

だから、イングリッシュガーデンは一見自然に見えますが、じつは「自然らしく模倣した庭」というところに本質があります。そう考えると、日本のガーデニング愛好家が、豊かな日本の自然を壊し、あえてイングリッシュガーデンの亜流のような庭を作り上げることに、私は鋭い違和感を覚えます。せっかく豊かな自然があるのだから、そのまま自然を愛でればいいのになあ、とついつい思わずにはいられません。

最後に話をもとに戻しますが、茶道や華道などの文化的な趣味に興味を持たれること自体は良いことでしょう。でも、それを習うことにも随分のお金がかかり、茶会ともなると、茶器や御着物にもまた、茶席の用意にも非常に費用がかかる、というような事実は、どこか無理のある見栄の世界のように思われて、純粋な趣味の世界からはいささかずれているように思います。だから、やってみて、少しでも違和感や、居心地の悪さ、あるいは費用のかかり過ぎる現実などに遭遇したら、無理に続けるには及ばない、と私は思います。

それよりも、そういう御流儀やら「道」やらに関係しない、ごく気楽な仲間の集まりとして、自由にお茶を喫し、また四方山《よもやま》の話に興じる、なんてのはまことに良い趣味にちがいないと、そのように考えています。

第三章
上達なくして楽しみなし！

趣味が自己実現と実益に直結

　第二章でもお話したように、私が能楽の次に本格的に取り組んだのが声楽です。声楽には、能楽と同じくらい、いやそれ以上の時間と努力を注ぎ込みました。

　この二つを一生懸命稽古して、ある程度のレベルに到達できたのは、自分の人生にとってはー生を決定するほどの貴重な経験だったと思っています。なぜなら、それらはたんに趣味の範疇に留まらず、むしろ後半生の「仕事」につながったからです。

　能楽に関しては、能評論を書くとか能公演の解説をするといったさまざまな依頼を受けるようになり、能に関連する本も何冊か執筆することになりました。演能をするわけではありませんが、いわば能という芸能を客観的に研究し評価する、そういう形で、能は、私の第二の「仕事」となっていきました。

　声楽のほうでは、藝大で声楽を練習する過程で、何人もの藝大の作曲家たちと非常に親しくなり、これも「仕事」として歌曲の詩を書くようになりました。

　歌曲というものは、詩があって、曲ができる、だいたいはそういう手順で創作されます。そのため、作曲家の友人たちから、合唱曲や独唱曲、あるいはもっと一般的には、学校の校歌や企業の社歌、自治体の市歌などの制作についての作詩依頼を受けて、今までに二百曲ほど作詩を手がけています。

言ってみれば、子どもの頃に見ていた「詩人になりたい」という夢を、歌曲の作詩家として実現したわけです。校歌では、鳴門教育大学附属中学校校歌（佐藤眞作曲）を手始めに、海陽学園校歌（作曲同）、中野区立南中野中学校校歌（作曲同）、城西学園学校歌（伊藤康英作曲）、名進研小学校校歌（三枝成彰作曲）、青梅総合高校校歌（上田真樹作曲）、慶應義塾横浜初等部校歌（湯浅譲二作曲）、同創立十周年記念第二校歌（上田真樹作曲）、同校愛唱歌（千住明作曲）など、市歌では小金井市歌（信長貴富作曲）、浜松市歌（伊藤康英作曲）などを手がけてきました。またＪＲ東海社歌（佐藤眞作曲）も私が作詩を担当しました。

これらはいわば社会的に求められた公的な作詩仕事ですが、それ以上に、新しい日本歌曲を創造するという志を以て、数多くの歌曲詩を書いてきました。『あんこまパン』『行け、わが思い』（伊藤康英作曲）、『English Winds』『悲歌集』（野平一郎作曲）、『鎮魂十二頌』『思ひ』（上田真樹作曲）、『旅のソネット』『夢の雨』『吾が子よ』（二宮玲子作曲）、『追憶三唱』（深見麻悠子作曲）、『ぽるとがるぶみ』（糀場富美子作曲）などなど数多くの独唱・重唱曲を書いてきました。また、合唱曲では『夢の意味』『鎮魂の賦』『あめつちのうた』（上田真樹作曲）、『めぐる季節に』（伊藤康英作曲）、『美しい星に』『生きてゆく』（佐藤眞作曲）、更には、オペラ『ＭＡＢＯＲＯＳＩ』（二宮玲子作曲）など、たくさん作詩の仕事もしてきました。いずれも、自分がもし藝大に奉職することなく、したがって自ら声楽を学ぶことがなかったなら、まったく考えることすらあり得なかった仕事の数々です。

私は自分が声楽的に歌うことを学び、また舞台で歌う活動をも実践しながら、声楽的に歌うというのは、どういうことなのかをいつも考え、では、そのためにはどういうことを意識し、注意して作詩しなくてはいけないか、ということを考えてきた、そんな思いがあります。「歌う」という「趣味」と、「詩を書く」という「仕事」は、こうして表裏一体に、私の人生に新しい価値を付け加えてくれました。

ここで注意しておかなくてはならないのは、いい「歌の詩」は、「文学的に見て優れた詩」とはかならずしも一致しないということです。例えば、萩原朔太郎の詩が素晴らしいからといって、それに曲を付けたら常に良い歌になるかというと、じつはそうはならないのです。朔太郎の詩などは、使ってある語彙が独特で、かなりシュールなものもあるので、それを歌として「耳で聴く」だけでは、なかなか理解できません。字を見てゆっくり味読するという「読書」の対象と、耳で音として享受する「歌」の詩とはおのずから別物だということを、歌いながらいつも痛感するからです。

例えば、詩の節《せつ》もしくは行《ぎょう》の最後にイ段音やウ段音の音節が来ると、日本語のイ段音やウ段音は、口の中の空間がつぶれたような形で発音するので、ベルカント的すなわち声楽的にはたいへん歌いにくいのです。そのため、行末にイ段音やウ段音が置かれていて、そこを高く強く盛り上げようとすると、声楽家にとってはとてもやりにくい、という現実があります。また、イ段音の字が歌詩の行頭に来ると、じつはベルカント的発声では、非常に歌いやすいのですが、といって、行末や末尾に、声楽家がイ段音を高く長く伸ばして歌うようなときには、どうしても「エ」に聞こえてしまうという現実があります。

また、「ん」という文字で表わされている「音」には、じつは日本語では八種類の違った音が混じっていて、アルファベットの「n」のような単純な子音ではありません。

むしろ母音に近い性質をもつ「準母音」という発音のものもあって、一筋縄ではいきません。そういうことを意識して歌曲や合唱曲のための詩は書くようにしています。すると、歌って歌いやすく、聴いて理解しやすいという歌ができます。

そういった、「自分で歌っているからこその知見」を踏まえて作詩をする、そのことは、とくに歌曲の作詩にとっては大きな意味がありました。その実践をとおして、作曲家には作曲しやすく、歌い手には歌いやすい歌が書けると信じるからです。

ただし、私の作詩は、クラシック音楽としての声楽曲や合唱曲の詩に、今のところ限られていて、ポップスや歌謡曲の仕事はしたことがありません。依頼があれば喜んで引き受けるし、またそれなりの自負もあるのですが、それぞれの業界と縁がないため、今まではそういう仕事はしてきませんでした。これもつきつめれば、私の趣味としての歌が声楽曲に限られていて、歌謡曲やポップスの歌は口にすることがなかったということと、表裏一体の関係にあるように思います。

ともあれ、声楽はあくまでも趣味として向き合ってきた世界ですが、畑中良輔先生や嶺貞子先生はじめ、先達の先生がたの教えや励ましによって、日本各地、多くの舞台で歌うこともできました。それらは私の人生にとっては、忘れ難い経験となりました。いや、それらが生き甲斐の一部であったと言っても過言ではありません。

かにかくに、藝大で声楽家や作曲家、ピアニストたちと親しく交流した経験は非常に大きな実りを、私の人生にもたらしてくれたのでした。

そういう意味で、私にとって能楽と声楽は、幸運にも、趣味が自己実現に結びつき、実益にも合致した好例といえるかと思います。

なぜ「上手な素人」ではなくて「下手な玄人」を目指すべきか

私が趣味について常々思っているのは、先にも書いたとおり、「上手な素人」ではなくて「下手な玄人」になりたい、ということです。

いやいや、なにも私はほんとうに玄人になりたいと言っているわけではありません。ひとつの心がけのありようとして、「どうせ素人芸なんだから」という甘えを、自分に許すまいということでありたいということなのです。

上手な玄人になれるのなら、それに越したことはないですが、私としては、そんなことはいくらなんでもおこがましいと思わずにはいられません。でも、努力は限りなく上をめざしたい。そうなれば、決心と努力しだいでは、せめて「下手な玄人」になることは可能かもしれないと、そういう「願い」を込めた気持ちなのです。

では、下手な玄人と上手な素人は、どこがどう違うのでしょうか。

素人にとっての趣味は、いわば自己満足の世界です。人が聴いてくれるかどうか、それは二の次で、自分がやっていて気持ちよければそれでよいのです。結果的に、やっていることはたしかに上手かもしれないけれども、その歌うという営為の根本に聴いてくれる人の思いまでは含まれていません。

よくカラオケなどで、誰に頼まれたわけでもないのに、マイクを握ったまま離さず歌い続ける人がいます。多少歌が上手くても、みんなが渋々聴いている場合、あるいは誰も聴いていないなんて場合には、この人にとって歌はただの自己満足ということになります。

一方、玄人というものは、自分の演奏に対する評価に責任を持ちます。「もっと楽しませたい」「満足してもらいたい」という向上心を持って取り組むからこそその玄人であって、仮に技量的にはそれほど上手だというのでなくても、ヘタはヘタなりに多くの人に楽しんでもらえるのです。

前述のとおり、私には北山吉明さんという声楽の「相棒」があって、これまで何度も、二人で有料のコンサートを開催しています。北山さんは、金沢ではたいへんに有名な整形外科医なのですが、私と同じように四十過ぎになってから突如として歌に目覚め、医師としての頗る忙しい仕事のかたわら、ちゃんとプロの声楽家に師事しつつ、孜々《しし》として声楽の修練を積み、いまでは金沢を代表する声楽家の一人として、有料のコンサート、ボランティアの慰問演奏など、さかんに音楽活動をしている人です。

あるとき、北山さんは、私の作詞したかなり難しい歌曲『あんこまパン』(全三楽章、伊藤康英作曲)をコンサートで歌うということになり、それで私のところへ見えた、そんなことがご縁となって、親しくおつき合いすることになりました。

そうなれば、私ももともと声楽は病膏肓《やまいこうこう》のほうですから、打てば響くように気が合って、たちまち友誼《ゆうぎ》を結び、ついにはデュオ・ドットラーレという男声デュエットを結成して、一緒に演奏活動をすることになりました。

私たちのコンサートは、たいてい私が企画立案し、毎回違うコンセプトでお客さんに楽しんでもらうことを考えています。例えば「今回は『歌で旅する』という趣向にしましょう」「今回は『タンゴの時代』でいきましょうか」「次は『命短し、恋せよオヤヂ』ってのはどうでしょうか」などと、ふたりで相談して、毎回楽しんでいただけそうなテーマを決め、私たちも歌って楽しみ、お客さんにも聞いて楽しんでいただく、そういう趣向になっています。そこでは、確かにエンターテインメントとしての「音楽」を、意識としてもって活動しているというわけですね。

実は、私はこういう活動をする以前から、もう三十年以上、古い楽譜を蒐集してきました。そのなかには、英国ケンブリッジの古楽譜店「ブライアン・ジョーダン楽譜舗」で掘り出してきた、古いクワイアの楽譜やら、オペレッタのスコアやら、という外国のオリジナル譜もあるし、あるいは帰国後に声楽を学ぶようになってから意識して集め始めた日本の芸術歌曲・歌謡曲の初版譜などもあります。これら数多くの古楽譜コレクションの中から、普通は歌われないような歌や、もう忘れられてしまった名歌を発掘してみたり、有名なヒット歌謡曲をその初版譜によって演奏したり、楽しく聴いていただけるコンセプトで、何度もコンサートを重ねてきました。その企画は、私が考えて、北山先生や伴奏者の演奏家たちとあれこれ相談して詳しく決めていきます。

そういう「コンサートの企画プロデュース」自体がまた、なによりの楽しみでもあります。さらには、それらの演奏会のために、知友の作曲家に依頼して新しいデュエット編曲を作ってもらったり、まったく新しい歌曲を作曲してもらったりと、さまざまな形で、演奏という楽しみを作り出す努力をしています。こういうことをしているときの楽しみは、また単に歌うだけよりも百倍も面白く楽しく、勉強にもなります。

もちろん、テーマが面白くても、肝心の歌がからっきしのへたくそではしょうがないので、そこは一生懸命練習を重ねて本番に臨みます。結果的に、聴きに来てくださった方々には、毎回楽しんでいただいていますし、「またやってください」という声も頂戴します。

じつは、北山さんとデュエットを組むようになる以前から、私は藝大助教授時代に、プロの声楽家たちと重唱グループを組んで、各地で演奏活動をしてきました。その最初は、ゴールデン・スランバーズという混声四重唱のグループで、私以外はみな藝大・桐朋・国立音大などの出身のプロの声楽家やピアニストたちでした。

その後、数年を経て、こんどは藝大出身の声楽家たちと一緒に、「重唱林組」という混声四重唱団を作って、いまは閉館してしまった津田ホールで旗揚げ公演を打ったのを初めとして、あちこちで演奏活動をしてきましたが、この重唱団は、すべてイギリス歌曲を英語で歌うことに特化した活動方針でした。その演奏曲目は、ほとんど私がケンブリッジで蒐集してきた古い楽譜から選んだものでした。私はそのバスパートと英語の発音指導、英語詩の訳詩朗読を含めた演奏会の司会、また曲目選定等のプロデュースに当たっていました。イギリスで古楽譜を集めていたのは、藝大に任官するかしないかの頃のことで、やがて本職の声楽家たちと重唱団を作って、そのような活動ができるようになるとは想像だにしていませんでした。それでも趣味として古楽譜を蒐集したのは、どこかそんな虫の知らせがあったのかもしれませんね。

人生はほんとうに不思議だなあと痛感しています。

声楽でも絵でも、趣味というのは、よく考えると自分だけのためのものではなくて、そこに人に楽しんでいただくとか、人のお役に立つとかいう、ちょっと利他的な発想なくしてはおもしろくないのです。歌だって、自分だけで歌って楽しんでいるのでは、たんなる自己満足で、じつはほんとうの満足感や充実は得られません。絵だってそうです。

自分が好き勝手に描きたいものを描く……それは一種の「らくがき」のようなもので、そこからは自分の人生を豊かにする満足感などは得られないことでしょう。

むしろ自分は営々と苦しい思いをして、練習なり勉強なりの努力をして、その結果手に入れた「一生懸命の成果」を以て、人に楽しんでいただくという姿が必要なのです。このことは、世阿弥の名言として知られる「離見《りけん》の見《けん》」という概念に通じています。

世阿弥は、その伝書『花伝書』のなかの「花鏡」に、つぎのように述べています。

「見所《けんしょ》より見る所の風姿《ふうし》は、我が離見《りけん》也。然れば、わが眼の見る所は、我見《がけん》也。離見の見にはあらず。離見の見にて見る所は、則《すなはち》、見所同心《どうしん》の見《けん》なり。其時《そのとき》は、我姿《わかすがた》を見得《けんとく》する也……」

つまりこういうことです。……見物席の側から見る自分の姿は、自分から見れば離れた所から見る姿である。いっぽう、自分の眼で見ている所は、これは我が眼から見る見方である。したがって見物衆の見るところとは違う。そこで、観客の立場になって自分の芸を見るとするならば、それは見物衆の心と同じように見ていることになる。その時はじめて、自分の姿を客観的に見ることができる……、と。

つまり、どんな芸術芸能でも、それを見る人、聴く人、楽しむ人という「見所（見物席）」を意識していないと成立しないということであって、これはアマチュアもプロも関係がないのです。芸能・芸術を趣味として持つについては、やはりそれを見たり聴いたりして、自分ならぬ「見物衆」が楽しんでくれることが必須である、とそのように教えているのが、この世阿弥の言葉の真意なのです。

実際には、自分の姿を自分で見ることはできません。また自分の芸能を客観的に観ることはなかなか簡単ではありません。しかしながら、世阿弥は、その「態度」と「意志」こそが大切なのだよと、教えているわけです。したがって、自分ならぬ「見る人、聴く人」が面白いと評価し、お金を出してもいいと思えるような表現ができれば、趣味の世界でも、すくなくとも「ヘタな玄人」にはなれる。そのことを生業《なりわい》とするわけではないので、どこまで行っても趣味なのではありますが、しかし、どうせ努力するなら中途半端ではなくて、せめてこの「ヘタな玄人」の境地に到達することを目指しましょう、ということなのです。

下手でも「人前で披露する」ことが肝心

私に声楽を教えてくださった藝大での師匠の一人である嶺貞子先生は、イタリア政府から名誉騎士勲章を受けるほどのイタリア古典歌曲の名歌手でした。嶺先生は、ある日、声楽の練習に励む私にこんな声を掛けてくださいました。

「こんど、旧東京音楽学校奏楽堂で『ルネッサンス歌曲の夕べ』という催しをしますから、林さんも出てお歌いなさい」

それは、私以外は全くプロの声楽家たちのみが出演する、むろん有料の演奏会でしたから、このお勧めは、私にとって晴天の霹靂《へきれき》というべき出来事でした。

「何を歌えばいいのでしょうか」

とお尋ねしたところ、先生は、言下にこうおっしゃった。

「パスクィーニの『コン・トランキーリョ・リポーゾ』をお歌いなさい」

と。ベルナルド・パスクィーニというのはルネッサンス期イタリアの作曲家なのですが、私にとっては、そのとき初めて耳にする名前でしたし、その歌の題名すらも聴いたことがありませんでした。そうして嶺先生は、一枚のコピー楽譜を私に手渡してくださいました。……見ると、これが非常に難しい歌であり、プロに混じって歌うなんて到底不可能と思えました。

しかし、せっかくそうお勧めくださったのに、お断りするなんてことはあり得ません。大切なチャンスを与えられた、と私は思いました。そして、かく出演が決まった以上は、とにかく、なにがなんでも練習あるのみです。この曲は、古風なチェンバロ伴奏の歌なので、古楽を修めたチェンバロ奏者を伴奏にお願いしなくてはなりません。幸いに、そのときは、桐朋音楽大学出身の古楽チェンバロの名手水永牧子さんが、手取り足取り指導してくださって、すこしずつ歌えるようになっていきました。しかし、歌うのにはとても難しいところがいくつもあって、なかなかうまく歌い通せないのでした。そこで、嶺先生のご自宅にもお邪魔して、レッスンをしていただきました。すると、いままで独習していたときには、全然歌えなかった難しいパッセージが、ふっと楽に歌えるようになる……そんな経験もさせていただきました。そしてまた、徹底的にイタリア語の発音もご指導いただきました。先生のレッスンは非常に厳しく、途中何度もくじけそうになったのですが、苦あれば楽あり、先生のレッスンを受けたのは私の一生の宝となったような、驚くべき経験でありました。

おそらく、こうした古典的歌唱法のテクニックやイタリア語の発音などは、独習では決して身につかなかったことでしょう。

正直なところ、そのときの本番では、緊張のあまり、思ったようには歌うことができませんでした。納得のいく歌を披露することができず、まさに忸怩《じくじ》たる思いで、舞台から下ってきたのですが、ここで「恥をかいた」と見ればその通りかもしれません。しかし、会の終了後、藝大でイタリア語を教えているイタリア人の先生が私の楽屋をわざわざお訪ねくださって、こう言って褒めてくれました。

「今日歌った何人かの歌い手の中で、林さんのイタリア語が最も完璧でしたよ」

と。恥はかいたものの、必死で努力した経験は決して無駄にはならなかったのです。

かくして、芸能芸術の上達のためには、「努力して人前で恥をかく」ということも、たいせつな道筋であったように思います。

音楽の世界では、よく「百回の練習よりも一回の本番」と申しますが、これこそまさに真理をついた名言です。下手な芸であっても、恥をかくことがあっても、ともかくできる限りの努力を重ねてから、人前で披露してみる。そこに上達の秘鍵《ひけん》が隠されているのです。

　これはあらゆる芸術に共通する上達の心得です。兼好法師は『徒然草』第百五十段で次のような教えを説いています。

「能をつかんとする人、『よくせざらんほどは、なまじひに人に知られじ。うちうちよく習ひ得《え》てさし出《い》でたらんこそ、いと心にくからめ』と常に言《い》ふめれど、かくいふ人、一芸も習《なら》ひ得《う》ることなし。いまだ堅固《けんご》かたほなるより、上手《じやうず》の中に交《まじ》りて毀《そし》り笑《わら》はるるにも恥ぢず、つれなく過ぎて嗜《たしな》む人、天性《てんせい》その骨《こつ》なけれども、道になづまず、みだりにせずして年を送れば、堪能《かんのう》の嗜《たしな》まざるよりは、終《つひ》に上手の位にいたり、徳たけ、人に許《ゆる》されて、双《ならび》なき名を得《う》る事なり」

　いまここに拙著『謹訳徒然草』の現代語訳を引いておきます。

「なにか芸能を身に付けようとする人は、とかく『あまり上手にできないうちは、生半《なまはん》可《か》にこれを人に知られぬようにしよう。ごく内密によくよく習得してのちに、ずいっと人前に出て披露したならば、さぞ心憎い致し方であろう』などということを常に言うようであるが、そんなことを言っている人は、一芸といえどもちゃんと習い得ることがない。

いまだまるっきりの下手くそのうちから、上手な人のなかに交じって、バカにされ嘲笑されるのにも恥じることなく、平然として長く稽古に精を出す人は、仮にその人が生まれついてのコツをつかむ才覚に恵まれていなくとも、それぞれの道に停滞することなく、また自己流に堕ちることなく、年功を積む結果、なまじ才覚があるがために地道な努力を怠っている人よりも進歩を遂げて、最終的には名人上手というべき芸位《げいい》に至り、人徳も具《そな》わり、また世人《よひと》からもそのように認められて、やがては天下無双の名声を得《う》るということになる」

じつに含蓄深い言葉だなあと、何度読んでも感心する一節です。

嶺先生は本当に厳しい方でしたが、優しく温かい心根の持ち主であり、あるとき、「あなたは本当に良い声をしているから、もし本気で歌い手になる気があるなら、いくらでも教えてあげますよ」

という言葉を掛けていただいたことがあります。嶺先生の大まじめなお言葉に私は大変驚きました。結局、私はプロの歌い手にはなりませんでしたが、先生の言葉はとてもありがたく嬉しく、何物にも代えがたい心の宝物となっています。

つまるところ芸術は、自分が満足しているだけではだめで、せいぜい努力して、「何かを受け手に伝えること」ができて初めて、表現としての意味を持ちます。ですから、芸術趣味を追求しようとする人には、とにかく自己満足の境を脱して、「公に表現する場」を得ることを目指してほしいと思っています。

本番の経験こそが最大の練習

もう少し音楽の話をいたしましょう。

絵や書や文章は、完成品を発表するものですから、失敗作が人目に触れる心配は無用です。一方で、録画・録音した場合は別として、生《なま》の演奏や歌唱を聴かせたり、舞台で演技をしたりするときは、失敗もそのまま人前に披露するしかありません。本番は、やり直しがきかないのです。

練習では上手くいったことが、本番では失敗することも、むろん往々にしてあり得ます。「本当はできるんですよ」などと釈明しても通用しませんから、失敗したパフォーマンスがそのまま実力とみなされる、そこが音楽の本番の恐ろしいところです。とはいえ、実は私などは、人一倍恥ずかしがり屋なこともあって、なんども舞台の本番で失敗したことがあります。ひどいときには、途中で歌が止まってしまい、伴奏者と聴衆に謝って、もう一度最初から歌いなおしたことがありました。顔から火が出るというのはあれですが、それもよい勉強になったと、今では思っています。なぜなら、本番を経験しなかったら、そんな恥もかかなかったでしょうけれど、でも恥をかいた分だけ、なにか得るものがあった、ということでもあります。

プロだって間違うことはあります。

ある有名な声楽家が、『冬の旅』を歌っている途中で歌詞につまり、演奏を停めて「もといっ！」と宣言し、平然として最初から歌い直した、というようなことも見聞きしています。

また途中で歌詞が出なくなってしまい、伴奏者が同じところをなんども繰り返して、歌手が思い出すのを促したりするところも見ました。

またピアノの伴奏者が間違えてしまって、とちゅうでその間違いに気付き、必死にごまかしてことなきを得たというところも見聞しています。

高名なバリトン歌手であったイタリアのピエロ・カプッチッリのライブ録音盤を聴くと、あちこちで歌詩を間違えて適当に歌ったりもしています。

が、それでもいいのです。そんなことは、じつは問題ではありません。人間は完璧にはなかなかできないのが当然ですが、それでもそこに情熱と誠意さえあれば、人は聴いていて不自然には思わないものなのです。

練習では平常心で行動できても、いざ本番で舞台に立つと、想像をはるかに超える緊張を味わいます。あの黄金のトランペットと喩えられたイタリアの名テノール、マリオ・デル・モナコなども、本番の前は極度に緊張して、舞台に出たくないと歎いたという話はよく知られています。私などは普段から学生を前に講義をしていましたし、講演で何千人を前に話した経験もありますから、人前に出るのは一般の人よりも慣れているつもりですが、それでも、初めて舞台で声楽を披露したときには、信じられないくらいに緊張して、声が震えました。同じ歌を歌っても、練習と本番は全く違う感覚なのです。

ただ、そうやって本番で緊張をして恥をかくと、次に本番にかけるときには、緊張もいくらか減じ、落ち着いて演奏することができるようになっていきます。そういう意味で、本番を経験するということには、非常に大きな意味があります。本番の緊張に慣れ、本来の実力を発揮するには、何度も本番を経験するのが唯一の方法です。だからこそ、「人前で披露するなんて、おこがましい」などと謙遜せず、機会があれば積極的に舞台に立つべきです。

とはいえ、ライブ・パフォーマンスを行う機会はそう頻繁に得られるものでもないでしょう。そこで私は、本番に先立って、簡易的に本番に近い状況を作るようにしています。例えば、一緒に歌唱している仲間のプロの人たちに聴き手になってもらい、独唱を聴いてもらいます。そのとき、舞台に立って大勢の人が聴いている状況をイメージしながら歌う、つまりは一種のイメージトレーニングなのですが、こういう経験も重要な一歩ではあります。こういうリハーサルは、実際には知っている人が聴いてくれているので、ある程度の安心感はあるのですが、やはり相手はプロですから、自分の歌唱を披露するのはそれなりに緊張します。そうやって本番に慣れる訓練をしていると、徐々に落ち着いて舞台に立てるようになります。音楽学校の生徒ともなると、常に師匠や朋輩たちの前で歌う、あるいはコンクールで審査員を前に歌う、というような経験をなんどもなんども重ねます。それがじつはなによりの勉強なのですね。

よく考えると、人が本番で緊張するのは、実力以上のものを見せようという「さもしい根性」が働くからです。冷静に考えれば、練習より本番が上手くいくはずがないのですが、人前でいいところを見せたいという欲を持ち、練習よりも上手くできないといけないと思い込む。これが自分にプレッシャーを与えて緊張が深まるという仕組みです。

だから、思い込みを捨て、格好をつけるのもやめて、ともかく「ありのままの実力を受け取ってもらおう」と開き直ってしまうのが一番です。開き直れば、無用の緊張は多少なりとも抑えることができると思います。

世阿弥の「稽古は強かれ、情識はなかれ」の意味

芸術を趣味とするにあたっては、諦めず、慢心せずに地道な努力を繰り返し、人前で恥をかきながら学んでいく必要があります。

声楽を例にとれば、原則は、万事は「楽譜を見て歌う」ことから始まるわけですから、なによりもまず楽譜を読む訓練が必要です。この楽譜を読む基礎訓練を「ソルフェージュ」といい、私は二年ほど、毎週ソルフェージュのレッスンを受けました。

レッスンでは譜面を初見《しょけん》で読む練習を毎回二時間くらい繰り返します。ただ、ソルフ

ェージュの場合は、ピアノ伴奏がついているのが普通です。が、それでも、できなければ先生から叱られるので必死です。

私が声楽を始めたのは四十歳を過ぎてからですが、一般的にソルフェージュは子どもの頃に始めるものとされており、中年になってから取り組んでも上達は不可能だといわれていました。

それでも大真面目にレッスンを継続した結果、まったく効果がなかったとは思えません。私はバリトンという声域なのですが、バリトン用の楽譜は、「へ音記号」で書かれています。一般に習う「ト音記号」ではないのです。そのため、最初にへ音記号の楽譜を見たときには、まるっきりドレミの見当もつきませんでした。しかし、それでは話になりませんから、まずはそのへ音記号楽譜を読むことを身に付けることが緊要事なのでした。単に独唱するだけなら、ト音記号の楽譜で見れば済みますが、たとえばデュエットとか四重唱なんてことになれば、バリトン・バスの声部はかならずへ音記号で書かれています。通常重唱は譜面を見ながら歌うものなので、このソルフェージュ能力は大切な要素でした。

ともかく、そんなことで、中年になってから、ダメモトで毎週毎週ソルフェージュのレッスンをしていただいたのですが、やがてその効果あって、自由自在にとはいきませんが、だいたいは見当がつくようになりました。

私にソルフェージュを教えてくれた先生が「四十歳になってもソルフェージュ能力って上達することがあるんですねえ。大発見です」としみじみ語っていました。誰でも本気で努力すれば上達もするし、なにごとも無駄にはならないものです。要は、本気で努力する、それも継続的に努力を続ける、ということです。

私は歌を歌うだけでなく、絵も描けば詩も書きますし、エッセイや小説も書いています。周りの人からは「多才ですね」といわれますが、どれも生まれつきできたわけではなく、やはり努力の結果だと思っています。

努力をせずに成果を得ようとしても、そうは問屋が卸しません。人生に与えられた時間は有限ですから、なにか新しい能力を開発したいと思ったら、その分、なにかを犠牲にしてでも努力を積み重ねるという覚悟がいります。うかうか酒など飲んでいる場合ではありません。人生は短い、ですから、その限られた時間を有益に使って努力することで、必ず成果は得られるというものです。

地道に努力を重ねるとき、「人からうまいと思われたい」「人から評価されたい」と思うことが大事です。私も「うまいと思われたい」という気持ちは常に持っています。

ただ、うまいと思われることが目的になってはなりません。

自分に足りない要素を見つけて、一生懸命鍛錬する。その結果として、人から評価されるのであって、大事なのは自分が納得するまで練習することです。

「異性にもてたい」とか「格好をつけたい」とか考えて、音楽や書道を始めたところで、本当に恋人ができたりするようにはなりません。あくまでも一生懸命努力して練習すると、結果として人が褒めてくれるかもしれない、というだけなのです。

仮に楽器の演奏や自分の書いた字を誰かに褒めてもらったとしても、まあ、それはお世辞半分だと思っておいたほうがよろしい。すなわち、褒められたからとて、そこで自己満足に陥らず、「まだまだ自分はヘタクソだ」と、つねに謙虚に受け止め、さらに前進すべく、孜々《しし》として努力を続ける必要があります。

世阿弥はまた、『風姿花伝』の序文のなかで、「稽古は強かれ、情識《じょうしき》はなかれ」と教えています。この「情識」というのは、「我こそは」と思う慢心、あるいは「オレが、オレが」と自己過信する心のことです。
いままでのところで、主に書いておいたのは、この「稽古は強かれ」の部分で、もとより練習・稽古に励まずして上達なんかあり得ない。だからそこはだれでもわかりましょう。けれども「情識はなかれ」のほうは、そう簡単ではなくて、だれだって、自己愛というものがありますから、ややもすると実際以上の自己評価をして慢心やら得意満面やらという状態になりがちです。そこが芸の行き止まりだと、世阿弥は教えているのです。たえず練習、絶えず進歩、しかもそのうえで常に自己批判と向上心、そうやって人生を豊かにしていきたいものですね。

自己満足の趣味に陥る人は、得てしてテクニックにとらわれています。「この高音を出すことができれば、歌が上手く聞こえる」といったテクニックにとらわれた結果、確かに高い音はきれいに歌っているのに、なにかが足りない、そういう歌い手もよく見かけます。とくに音楽学校などを出た声楽家のなかには、「どうだ、オレの高音は！」みたいな得意満面が芸の表面に出てしまっている人もあって、そういうのは、本質的な意味で、歌に芸術性が感じられません。

ＹｏｕＴｕｂｅを見ていると、ストリートピアノで敢えて難しい曲を弾く人を折々目にしますが、なぜかテクニックばかりで心に残らない演奏ということも少なくありません。

この「どうだ、すごいだろ」という、自慢するような心、言い換えれば「情識」は、趣味において成長を阻害する最大の障害となります。そういう自己満足を見せられたほうは、いくらそのテクニックが見事でも、正直いえば、「鬱陶しい」と感じるだけです。

自己評価は、常に批判的であるべきであり「もうちょっと詩の心を深く表現できるのではないか」「自分はまだまだ正確な技術が足りないのではないか」「まだ発声が不十分なのではないか」と。常に常に我が身をふり返って、前向きに努力追究することが肝心です。

すなわち、世阿弥の教え「稽古は強かれ、情識はなかれ」は、時代を突き抜けて、現代の私たちにも、強く訴えかけてくる教訓だということができましょう。

一時も無駄にしないという覚悟を持つ

努力を続ける上で重要なのが時間の使い方です。

イギリスのマルコム・グラッドウェルという人が提唱した「一万時間の法則」というものがあります。何かの分野で技術を磨いて一流になるためには、一万時間の練習（努力）が必要であるという説です。

仮に一日二時間練習したとして、一万時間に到達するには十四年近くかかります。一万時間練習したからといってプロレベルになるという保証はないものの、確かにそれだけの時間を投じれば、一定のレベルには達するだろうなあという気はします。

しかしまた、ほんとうの天才ともなると、一日七時間でも十時間でも練習するかもしれません。そうなると、一万時間に到達するのには、四年もあれば十分ですね。じっさい、まだほんとうに子どもの頃から、一流の演奏家になってしまう人もごくごく稀に存在するので、こういう主張にはそれなりの説得力があるように見えます。

しかしながら、これは私の考えるには、必要条件であって、充分条件ではなかろうと思うのです。ありていな話、まったく生まれつきに音感が悪くて、いわゆる「音痴」に近い人だったら、ヴァイオリンのように、微妙な音を聞き分け弾き分けるのは、ほぼ不可能だと思います。そうなると、成果の出ないことを、一日に七時間も十時間も続けることなど、おそらくは不可能であろうと思います。

だから、私が思うのは、「才能」とは「持続的に練習を続けられる能力」なのではないかということです。そういう能力が、もう超絶的に人並みはずれて豊かなものを天からあたえられた人、それが天才というもので、こういう人は、毎日やっていても苦にならないし、やめようとも思わない、それどころかもっと先に進みたい、今以上に向上したいという思いが常に持続し、だからこそ超人的な練習を集中的に続行できて、ついにはその道の一流となれるのにちがいないと思うのです。

では、才能のない人は努力しても無駄か、というと、そうとも言い切れません。なんのために、たとえば音楽をやるのかと考えてみると、なにも世界的演奏家になるために最初から音楽をやるわけではないでしょう。その必然的結果としては、プロの演奏家にはなれなくとも、でも一生のなかで、ずっと音楽という宝物を心に温め続けたい、真摯な努力の成果としての演奏をして、同好の人たちと楽しく分かち合う、とそういう形での自己実現を可能にすることも、それはそれで、おおきな人生の「実り」であろうと思います。

いっぽうまた、才能は地道な努力の中から見つかるものでもあります。

諦めずに努力を続けていると、自分では思ってもいなかった才能を発見して、人生が変わったり、あるいは一生の楽しみとなる、そんな人もいるに違いありません。

そうした才能が開花するまでの努力は、スコップで地下の鉱脈を掘り当てる作業にも似ています。生半可な気持ちで続けられるものではありません。ただ、そう考えると気が遠くなってしまうので、そういう志向を持った人の目標として、まずは一万時間をめざしてみよう、というのは「あり」かもしれません。一万時間やってみて、「まあ、やっぱり自分の才能はこの程度だったな」と思うかもしれないし、思いがけない成果を得て、人に認められるかもしれない。そこらへんは未知数なのですが、温泉だって金鉱だって、やれば必ず掘り当てられるものではありません。しかし、確実なことは、掘らなくては鉱脈には行き当たらないということです。そうして仮に才能を掘り当てることができなかったとしても、その努力をしたことが完全に無駄であったかというと、そうではないだろうと思うのです。人間努力をすれば、しただけのことは、何らかの形で残ります。演奏家や画家にはなれなくとも、一生の楽しみとして、歌ったり演奏したり、絵を描いたり、書を書いたり、得られることは必ずあります。

その「努力のための時間」の作り方に関しては前述の如く「暇《ひま》有るを待ちて書を読まば、必ず書を読むの時無けん」という箴言《しんげん》があります。渋沢栄一の言葉だと聞きますが、つまり暇ができたら読書をしようというような、のんびりした心がけでいたならば、ついに読書などできないままで一生が終わるだろうという意味の言葉です。

まさにその通りであり、「仕事の暇を趣味にあてればいい」とか、「定年後に趣味を始めよう」などと考えていると、結局いつまで経っても手を付けられないということになりかねません。

二十四時間はあまりにはかなく過ぎてしまいます。前章に引用した『徒然草』の第百八十八段の法師のように、暇があろうがなかろうが、寸暇を惜しんで「やりたいことがあれば、即時に万難を排してやる」という闇雲《やみくも》なまでの姿勢こそが大切です。一万時間というのは、一種の象徴的数字で、べつに一万でなくても五千でも三千でもいいのですが、ただそういう時間を捻出する努力は、絶えずしなさいよ、という教えだろうと私は解釈しています。

そこで、一つのヒントは、私の場合、「オンとオフという時間の使い分けをしない」

ということがあります。私自身は、脳内にいくつものスイッチを持ち、それを次々と切り替えながら生きていく、いわばマルチスイッチ型の時間の使い分けを意識しています。例えば、原稿を書いている手をいったん止めて、挿絵を描く。ある程度絵を描いたら、今度は詩を考える。そうやってスイッチを適宜切り替えることもあれば、同時にスイッチを入れることもあります。

歩きながら、あるいは車を運転しながら、俳句を案じたりすることもあれば、いっぽうで興味のある音楽を聴く、それもまた趣味へのスイッチの一つなのです。また、ちょっと車を停めて写真を撮ったりもする、そうやって、二つ三つの趣味を並行すれば、有限な人生の時間を最大限に有効活用できるようになります。

例えばまた、電車通勤をしている人だったら、スマホで音楽を聴いたり落語を聴いたりできます。もちろん読書を楽しむのもよいでしょう。とにもかくにも、一時《いっとき》たりとも無駄にしないという心がけを持てば、忙しい日常の中から、有為に趣味の時間をひねり出すことはできるはずです。

ただし、酒とか薬物とか、そういう正気を失わせるものに関わるのは、時間を無駄に消費することになりますから、そこは十分に注意して、決して薬物になど手を染めてはいけないし、酒も、ごく限られた時間、明確な限度を決めて嗜む程度にしておかないと、結局人生を無駄にします。私は、自分が醇乎《じゅんこ》たる下戸に生まれついたことは、つくづく幸いなことであった、と多忙な人生をふり返って、思い至るのです。

惰性の人づきあいは時間を浪費する元凶

今は「タイパ（タイムパフォーマンス）」という言葉も使われるようになっていて、映画を早送りで視聴したり、本を要約サイトで読んだりする人も増えているようです。そうやって短時間で情報を得ることで、時間を有効に使った気になりがちですが、私はこういう「なんでも即席」式のやりかたは、こと趣味や勉強に関してはよろしくない思案だと思っています。

時間を節約するための、もっとも正しい方法は「やらなくてもいいことをやめる」ということです。

本当に短縮すべきは、飲み会や形式的会議などの非生産的な時間です。そういう時間を削って、趣味は丁寧にゆっくりじっくりと、考え考えしつつ取り組むということが、本当に有意義な時間の使い方だと言わなくてはなりません。

人生において、時間を無駄にする一番の元凶は、「惰性による人づきあい」です。「人づきあいの悪い奴だ」といわれるのを恐れて、ついつい「あんな会合は無意味だよなあ」と思いながらも、惰性でつきあう、そういうことをしていると、大切な人生の時間がどんどん無駄に使われてしまい、結果的に時間はいくらあっても足りないということになります。

しかし、惰性による人づきあいよりも趣味の自己実現のほうが自分にとって大切だと思えば、別に誘いを断っても平気でいられるはずです。

人生の時間は限られています。つまらないことに時間を使わず、自分のやりたいことに一生懸命使うのが、ほんとうのほんとうは、良い時間の使い方であるにちがいないのです。

私はもともと酒を飲まないので、酒席の類には一切参加しませんし、パーティや同窓会、懇親会なども基本的にすべて欠席します。そもそも世の中の大半の会議は無駄だと思っているので、「会議」と聞くだけで真っ先にお断りしています。藝大に勤務していた時代の後半は、ほとんど教授会にも行かずに自分の時間を確保していました。ですから、あちこちで変人扱いされているかもしれませんが、時間の大切さを思えば仕方のないことです。

大学の教授会などというと、なにか建設的な議論をするのかと思われていますが、実際には、事務方の作った議案書類を学部長や事務局長が読み上げて、「ご異議ありませんか？」と形式的に問い、そして先生たちは、ただパチパチと拍手して議案は通過する、というようなものです。いわば、形だけの民主主義なので、出席しても私はいつも苦虫をかみつぶしたような顔をして、ただ黙って座っているだけでした。


会合だけでなく、よほど親しかった人の以外には、あまりお葬式にも行きません。長年お世話になった恩師や身内、親しい友人などはさすがに別ですが、単なる知人や仕事の関係者、友人のご家族などの葬儀には失礼しています。

根源的には、儀式などは形だけのもの、本来から言えば、亡くなった人を心の中で真摯に悼めばよいのであって、葬儀に顔を出して香典袋を置いてくる行為にはほとんど意味がないと思っています。

もちろん読者にまで「葬儀に行くな」と言うつもりはないですが、基準を決めて時間の使い方を管理しない限り、惰性に流されるまま今後も時間を浪費するだけです。本音では行きたくないなとか、時間がもったいないないなと思っていながら、断り切れずに付き合って人生の大切な時間を無駄遣いしてしまい、やがて年を取って、体力と気力が衰えてきたときに「こんなはずじゃなかった」と後悔しても後の祭りです。自分の人生を大切に使うということのためには、つまらぬパーティや会合や法事などの義理は欠く、それが私の確信的生き方なのです。

そもそも、趣味というのは「何かを作り出すクリエイティブな営為」であるべきであり、人生に付加価値を付けていくための営みなのだと、私は措定《そてい》しています。

例えば句会に参加するなら、そのために古典的な言葉を勉強するとか、表現の技巧を研究するとか、日本の季節感と季語を知るとか、いろいろやるべきことがあります。自己実現を目指すなら、まずそういう創造的なことに時間を注ぐ必要があります。

私が主宰している句会（夕星俳座《ゆうづつはいざ》）は、毎月一回オンラインで開催しています。

以前はリアルな句会を開いていたのですが、コロナでzoom式に変更し、以来ずっとその形で続けています。

そのリアルで句会を開いていたときも、世の句会にはたいてい付随している、会の終了後に食事をしたり歓談したりする場は、私の信念から一切設けず、句会終了後ただちに散会、という方針を徹底していました。句会の最中に俳句について、あれこれ語り合い、議論し合うのは有益ですが、お酒を飲んでだらだらとおしゃべりに時間を使うのは無意味なので、飲み会を開催する必要性など毫《ごう》も感じたことがありません。

かつて他の句会に参加したとき、終了後の食事会につきあった経験もあるのですが、やはり酒の上の無駄話を延々と聞かされただけで一つも得るものがありませんでした。

かくして私は、会が終わったらただちに散会、のルールを徹底していたのですが、みんな句会を楽しんでいますし、もとよりzoom句会では、飲み会のやりようもなく、それでもう十四年も続いています。

「趣味の集まりに参加するなら、飲み会やお茶会への参加が義務なのでは？」と聞かれることがありますが、それは大きな誤解です。

常識のある人たちの集まりであれば、「家に小さい子どもがいるので」「年老いた母親の介護をしているので」とかいえば、つきあいを回避することはできます。それでつまはじきにされる心配は無用ですし、逆に飲み会を強制するような集まりはさっさと辞めればよいのです。

厄介なのは、無用なつきあいに巻き込まれているうちは、時間の無駄遣いをしているという事実に気づきにくいということです。

つきあいがあるなら参加しないといけないような気もするし、参加すると楽しいような気もするので、ずるずると参加する。そのうちに自分を正当化して「練習後の飲み会が楽しみ」「みんなと交流して語り合っている時間が有意義」などと思うかもしれません。

でも、一歩引いたところから客観的に見ると、その集まりに出なくても全然困らないどころか、実際には無益な話をするだけの時空だと気づきます。

一日はたった二十四時間しかないのですから、仮に三時間を趣味の集まりに使ったならば、後はすっきりと自分の時間に戻る、それが望ましいと私は信じます。そうやって、自分の読みたい本を読むとか、絵を描くとか、歌を歌うとか、その気になれば別の趣味の時間を作ることも可能です。

『徒然草』の法師の話を思い出してください。もしかしたら、明日、私もあなたも突然に死んでしまうかもしれないのです。一刻の猶予もなりません。無駄に使っていていい時間なんか無いのです。

人生は有限、やりたいことをやりきるための戦略

長期的な時間の使い方について、少し私自身の経験をお話ししてみたいと思います。

私は五十歳のときに東京藝大を退職し、文筆業に専念するという決断をしました。藝大の定年は六十八歳ですから、そのまま教員を続ければ、あと十八年間働き続けることができたことになります。

決して教師の仕事が嫌になったわけではありません。何しろ二十四歳のときから二十六年にわたって先生を続けてきたわけですし、教え子と切磋琢磨する時間も楽しく、やりがいも感じていました。

けれども、人を教えるという仕事は簡単なものではなく、教えるためには常に勉強を続ける必要があります。なかには教科書会社が作った虎の巻のような本を教室に持ち込み、平気でそれを見ながら授業をしている先生もいますが、そんな授業で生徒が満足するはずがありません。

人にものを教えるのは真剣勝負であり、こちらが真剣にぶつかっていけば、必ず生徒も真剣に応えてくれます。九十分の間、学生たちを退屈させずに充実した講義を行うためには、こちらも真剣勝負の気合で勉強をしていかなくてはなりません。私は慶應義塾女子高の先生をしていたときも、出来合いの教科書などはまったく使わず、いちいち自分で古典の原典から抜き出した教材を作って、どこがどう面白いのかを、授業で教えたものでした。そういうことのためには、ともかく時間と手間がかかりますが、でもそういう熱意を注いだ甲斐は、かならずあるものです。

もっとも、この「教材研究」と呼ばれる勉強は、あくまでも学生に教えるための勉強であり、自分がやりたい勉強とは別物です。いわば、教材研究という勉強は、「やらなくてはいけない義務」の一種で、そこにほんとうに自分にとっての「志」があるとはかぎりません。「やるべきこと」と「やりたいこと」は、仕事においては、かならずしも一致しないのです。

そこで直面するのが、「やるべきこと」と「やりたいこと」のバランスをどう取るかという問題です。どちらも手を抜かずにやることは同じですが、しかし、人生の時間は有限ですから、どこかで優先順位をつけ、諦めざるを得ないことがあるというのも事実です。

私は三十代の頃から『源氏物語』は素晴らしいなあという思いに目覚め、ときには勤務する東横学園女子短大の「近世文学演習」の授業のテキストとして、『源氏物語』の江戸前期の注釈書である『湖月抄《こげつしょう》』を取り上げて読んだこともありました。そうやって、学生たちに『源氏』のどこがどう面白いのかを諄々《じゅんじゅん》と説いて聞かせると、やはり面白さを解ってもらえるんだなあと思ったのでした。

そこで、この世界に冠たる名作を、なんとかして若い人たちにも読んでもらいたいと考え、いつかは現代語訳に挑戦してみたいということが、人生の目標のようになっていったのでした。それは実際には、とてつもない大仕事ですから、忙しい教師生活のなかでは、なかなか実現には至らない、しかし心の中では、熾火《おきび》のように燃え続けていました。自分なら、女性作家たちとは違う視点から、新しい現代語訳を作ることができるのではないかという自負もあったのです。

とはいえ、このまま大学教員を続けていたら、人生の時間はどんどん減っていき、はたして人生究極の目標である源氏完訳にたどり着くことができるだろうか、と不安の雲が押し寄せてきました。かといって、教員の仕事を手抜きして十年一日の講義でお茶を濁すというのも、自分の職業倫理からして認め難い。有限な時間と大きな目標との間で、心は常に揺れ動いていました。

このまま六十八歳まで大学教員を続け、無事定年退職の日を迎えたとして、『源氏物語』を書くための体力と気力、それになによりその時間が残されているのか、といつも心もとない思いに駆られていたものでした。

そうして、冷静に考えた結果、定年になってからでは遅すぎる、とそう考えるようになりました。そこで五十歳という年を区切りとして、教職から離れて専業作家になるという選択をしたのです。

当初は、五十歳からの十年間を準備期間にあて、六十歳から本格的に新訳に取りかかり、二年間をかけて出版するという目標を立てました。しかし、事はそう簡単に運ぶものではありません。

最大の壁となったのは、出版の目途が立たないという問題です。いろいろな出版社に提案しても、次から次へ、ことごとく断られてしまうのでした。

誰も私がどういう源氏を書くのか知ろうともしないし、まともに相手にもしてくれない。それは大変悔しいことでした。なかには、「林さんの源氏訳なんか、誰も読みたいとは思いませんよ」と、ひどく失礼なことを平然という編集者もいたくらいです。

もっとも、そんなことだろうと達観している自分もいました。というのも、初めての著書である『イギリスはおいしい』を出版したときも似たような経験をしていたからです。『イギリスはおいしい』の原稿は、何社かの出版社に持ち込んだのですが、どこに行っても木で鼻を括ったような態度で追い返されました。無名の国文学者が、誰もが料理がまずい国と評しているイギリスの料理について書いた本など、売れるはずがないというのです。

なかには、きちんと中身を読んでくれた真摯な編集者もいたのですが、やはり出版しようと言ってくれる人はいませんでした。彼らが申し訳なさそうに口にしていた言葉を思い出します。

「ちょっとうちでは難しいですね。これがフランス料理の本だったら、まだなんとかできそうなのですが……イギリスというのはちょっと……」

結局、十社ほどからたて続けに断られた末、ようやく平凡社の編集者の目に留まったわけですが、平凡社にしてみても無名の学者のイギリス本が売れるとは考えていなかったので、出版時に印税を払ってくれるのではなくて、一年後の実売部数に応じて印税を受け取るという契約で、ようやく刊行にこぎ着けたのでした。

ところが、いまだに理由は誰にもわからないのですが、『イギリスはおいしい』は刊行後たちまちにベストセラーになってしまって、それはもう飛ぶように売れました。少部数しか刷らなかった初版本はすぐに売り切れてしまい、増刷ができあがるまで二週間ほど、書店にも版元にも本がないという状態で、待たなければならないほどでした。

出発点からそんな経験をしているので、私は出版を断られるのには慣れっこなのです。諦めずに出版社に『源氏物語』の提案を続けていたところ、祥伝社が創立四十周年の記念出版として刊行を引き受けてくれるという話になり、ようやく出版への道が開かれることになりました。

実際に和訳の作業に着手したとき、『源氏物語』を書くためだけに使う専用のパソコンを一台購入しました。ネットとは一切つながず、ただ執筆するためにスタンドアローンで使うパソコンです。

それを起動すると、画面に「志《こころざし》を身後《しんご》百歳《はくさい》に致《いた》す」という自作の句が漢文で表示されるように設定しました。

「この本は、自分が生きているうちには誰も評価しないかもしれない。しかし、私が死んで百年も経てば、きっとこの本の真の価値を解ってくれる人も現われるだろう……今評価されなくとも心挫《くじ》けることはあるまいぞ」

といった意味の言葉です。

毎日、その言葉を胸に刻みながら死にものぐるいで訳文に取り組みました。さすがに、予定の二年ではとても完成には至らず、予定を大きく超える三年八カ月を要して『謹訳源氏物語』が完成したわけですが、三十代の頃からの目標が六十三歳にしてようやく実現したのには感慨深いものがありました。

現在の評価がどうであるにもせよ、志を持って物事に取り組むことは非常に大事なことです。私にとっての『謹訳源氏』は、決して趣味でしたことではないのですが、しかし誰がなんといっても、これは私として「やりたいこと」の結果であったことは動きません。世の中には、ほんとうに一つの「趣味」として、十八年ほどの年月をかけて、こつこつと『源氏物語』の現代語訳を成就したアマチュアの方もおられます。

だから、趣味の世界であっても、何かを成し遂げようという志を失ってはいけません。諦めずにやっていれば、志を実現することは決して不可能でも、見果てぬ夢でもないのです。

趣味の成果を形に残す方法

『イギリスはおいしい』や『謹訳源氏物語』は、結果的には、職業作家としての執筆には違いないのですが、その出版までの道程を考えると、出版社から求められて書いたものではありません。まず自分としての「志」があって、それが結果として商業出版として実現したというわけでした。それゆえ、いまは別の職業についている人が、いわば「趣味」としての志をたてて著作したとしても、それが出版されて世の中に認知される可能性もゼロではないのです。

ところで、私が主宰する句会では、合同句集を刊行しています。みんなで少しずつお金を出し合って制作する自費出版です。

句集を刊行するという目標があると、普段の句作にも張り合いが出てきます。

また、掲載する句を選ぶのも楽しい時間です。掲載できるのは一人につき二十句であり、もちろん私が選ぶのではなく、同人自ら好きな句を選ぶ権利があります。先生に選んでもらうより、自分で選んだほうが句集の満足度は高くなります。

みんなが選んだ作品は私あてにメールで送ってもらい、私がワープロソフト上で組版用の清書ファイルを作ります。何度か校正を行い、最終チェックが終わったものをPDFにして印刷所に入稿すると、わずか三日程度で句集が印刷されて送られて来ます。

一般的に、書店で流通している句集の多くは自費出版です。句集に限らず、世の中には自費出版に特化した出版社もたくさんあり、自分史や旅行記、絵画の作品集などを刊行しています。

そういった出版社を通じて本を作れば、表紙にバーコードがつき、わずかな部数でも書店に流通させることができるので、確かに一般書として発売した体裁にはなります。ただし、ほとんどは自分で買い取る必要があり、制作費や印刷費を考えると思いのほかに高額の費用がかかります。言ってみれば、出版社や印刷会社が儲けるためのビジネスとしてやっている仕事だから、それは当然なのです。

しかし、出版社を介さずに、自分で版組までやってしまって、印刷会社に印刷と簡易製本を注文すれば、本を制作するお金はたいしてかかりません。私たちの合同句集も一人五千円程度の出費で作られているので、お小遣いの範囲で間に合います。

今どき飲み会に参加すれば一回で五千円くらいはかかりますから、飲み会に参加するより、成果物を自費出版したほうが百倍有意義だと思います。

最近では、技術の進歩に伴い、楽譜集なども個人で簡便に自費出版できるようになりました。私も自分が作詩をし、作曲家と協力して制作した歌曲や歌曲集を印刷楽譜にして自費出版しています。たとえば、

二宮玲子作曲、歌曲集『若き日の』。

これには、

1．『旅のソネット』全七曲

2．『夢の雨』

3．子守歌『吾が子よ』

の三つの作品を収めて出版しました。

また、

深見麻悠子作曲、歌曲集『追憶三唱』という作品。

こちらは、

1.『秋宵偶感』
2.『ソネット《七月頌》』
3.『百川、一九六七年夏』
という三つのかなり長い演奏会用歌曲が収めてあります。

両作品とも、ピアノ伴奏つき独唱譜という体裁で、いつでも演奏していただくことができる形になっています。

これらも専門の音楽出版社に依頼すれば、高額な制作費が発生しますが、今や個人がパソコン上で楽譜を作成・清書することなど十分可能です。私は作曲家に自ら入力してもらった楽譜の印刷用データをPDFで送ってもらい、私の手許で、ちょっとした版組デザインを施し、序文などをつけて本の体裁に整えます。あとは句集と同じように、印刷所にPDF入稿して完成を待つだけです。

上記の前者は、九十七ページの本を二百部印刷して、かかった金額は十万円程度。選ぶ紙によって値段は上下しますが、一冊五百円でできると考えれば安いものです。作曲家と折半して出版すれば、一人五万円で百部の印刷譜が手に入るという仕組みです。

第一章でお話した私の友人にして声楽仲間である北山吉明先生は、医師として診療に携わる傍ら、普段から書きためたエッセイや、亡き父上の遺文集を、同様のやりかたで、自費出版しておられます。

自分でお金を出し、非売品として少部数の本を印刷し、関係筋や知友がた、あるいは親類などに配って楽しむ。お金を出して買ってもらうわけではないので、誰も嫌な思いをしません。これは立派な趣味活動にほかなりません。その上で、私の楽譜出版は、何人もの声楽家の方々が、実際に演奏会の舞台にかけて歌ってくれています。これもたしかな自己実現の形なのです。

第四章
趣味を究めた人だけがたどりつく場所

趣味を究めるとはオリジナリティを追求すること

この章では「趣味を究める」ということについて考えていきたいと思います。

まず大切なことは、趣味はけっして通俗に堕してはならない、ということでしょうか。特に芸術分野の趣味で避けるべきは他人の模倣です。絵にしろ、音楽にしろ、自分の心から出てくるものを錬磨して質的向上を図るべきが、あるべき道で、安易に他人の真似をして足れりとしていてはいけません。

たしかに、習うことの入り口は「倣《なら》う」ことなので、最初から技術もないのに自分独特の世界が追求できるわけではありません。だから、先ず初歩のところでは、教科書の基礎に従い、先生の教えを守って、上手な人の技に倣う、というのは正しい方法にちがいありません。

しかし、もしそれだけだったら、結局先生のまね事に終始して、自分独特の味わいや楽しみを享受することはできません。

とりわけ、俳句や和歌などの文学的趣味ともなれば、先生のやり方を真似するばかりであったり、またその教えに唯唯諾諾《いいだくだく》と従うだけというのも間違っています。

最初は「倣う」ことから始まるとしても、基礎的な技術が身に付いてきたら、こんどはその基礎からジャンプして、自分独特の世界を希求するという方向にいかなくては嘘です。趣味が一生の宝となり、本物になるかどうか……そのところでは、他の人とは違った、自分独自の世界、言い換えると「オリジナリティ」を模索することが、もっとも大切な仕事になってきます。

カルチャー教室などで教わっている限りでは、先生の真似が第一義で、まずは形而下《けいじか》的な技巧の伝授ということが中心になるかと思います。

けれども、だんだんやっていくうちに、ただ技巧的に上手というのでは飽き足らない思いがしてきて、「その先」を思うことになるのが筋道ですが、そこまでくると、もうああしろこうしろと手取り足取りしてくれる先生はいない世界です。あとは自分の眼で見、自分の頭で考え、自分の心で感じ、自分の方法で表現していかなくてはなりません。

歌を歌うにしても、ただ大声で朗々と歌えばいいというわけはなく、そこには、自分の人生を反映した、「歌に込める思い」というものが現われてこなくてはなりません。

つまりは考え考え歌い、詩をよく味わって丁寧に音にする、そういう「もう一歩先へ」

の心構えが必要になりましょう。

一般に、日本的な「御稽古事」では、級、段というような等級制度が存在しています。武道であれ、書道であれ、茶道、華道であれ、あるいは能などの伝統芸能であれ、段階的に御免状をいただいて、すこしずつ階梯《かいてい》を昇って行く、そういう仕組みになっていますね。それは解りやすい制度ではありますが、じつはそうした制度の上で上級に昇ったからとて、ほんとうの意味でのよき技能を獲得したとは必ずしもいえません。

つまりそれは、うまく先生の教えを真似られたか、というのが評価の基準であって、そこにはオリジナリティは考慮されていないのです。

趣味としての技芸の基礎的方法を先生から学ぶこと自体は決して悪いことではないし、それで級や段の御免状をもらうのもわかりやすいありようではありますが、ある程度まで進んだら、そこからさきは、「教わらなかったもう一歩」を踏み出したいものです。言い換えれば、「自分の目」で発見して、「自分の頭」で考え、そして「自分の心」で感じるという段階に進んでいくという覚悟があらまほしいと思うのです。

例えば「歌う」という趣味について考えてみましょう。

こういうと、よく尋ねられるのは、「歌が好きならカラオケもお好きでしょう」ということです。世の中では「歌う趣味」といったら、カラオケボックスに行くなり、カラオケパブに繰り込むなりして、おおいに声も高らかに歌うことと思っている人が多いのですが、どうも私はそういうのはちっとも面白いと思いません。

そもそも私はカラオケ店には一度も行ったことがないし、カラオケＣＤなどを使って歌の練習をすることもありません。歌の練習をするときには、必ずピアニストに来てもらい、ピアノで伴奏をしてもらうか、もしくはピアニストの都合がつかないときは、一人でピアノの鍵盤を叩いて音を確認しつつ、なんども無伴奏で歌って練習するということにしています。

声楽もカラオケもどちらも「歌う」という意味では同じようなものだと思われがちですが、実際には両者はまったくの別物です。

歌に限らず、音楽の演奏というものは、楽譜に書いてある通りにすればよい、というものではありません。楽譜には最小限の指示が書いてあるだけで、じっさいにそれを歌にするには、そこに介在する「詩」の意味を解釈し、味わい、その味わいをなんとかして音楽にのせて表現しようという努力が必須です。そうすると、心を込めて詩を歌うところは、声にもじゅうじゅう注意しながら、すこーし音符の長さもゆっくりと存分に歌うかもしれません。激した感情を歌うところでは、必然的に声も強くなり、速度も速くなっていくのが自然というものでしょう。

だから、声楽の練習をするときには、ピアニストに「ここはしんみりと内向的に歌いたいから、少し音量とスピードを落としてほしい」「このあたりから盛り上げていくから、だんだん速くしたい」といったさまざまな要望を伝え、お互いに会話をしながら作り上げていく過程があるわけです。それが音楽表現を作り上げる大切な過程です。

これに対してカラオケの場合はどうでしょうか。カラオケによって、再生される伴奏には、そういう歌い手の心を反映させる揺らぎが期待できません。お仕着せの音量やスピードに合わせて、歌い手の側がカラオケの制約を受けながら歌う……つまりは、そこに主体的な関わりかたができないという欠点が内在しているわけです。

たとえるなら、声楽的に歌うのは、自分でオリジナルの絵を描いているのに対して、カラオケはお仕着せの塗り絵に色をつけているようなものです。塗り絵がいくら上手だからといって、絵画芸術としての味わいなどは期待できないというものではありませんか。

また、最近のカラオケには採点機能があって、自分の歌がＡＩによって判定され、百点満点で採点されたり、全国で同じ歌を歌った人の中での順位が表示されたりするそうです。しかし、その評価というのは、あらかじめ決められた一定の基準と「どれだけ近いか、あるいは外れているか」ということで機械的に判断されているわけで、いかに点数が良くとも、それが上手な歌、感動的な歌だということを保証するものではありません。

カラオケ好きの人を悪く言うつもりはないのですが、おなじように努力するなら、機械的に採点されて良い得点をめざすより、自分の頭と心をつかって、オリジナルの深い表現を目指したほうがいいのではありますまいか。

古今の名歌手の歌を聴いていると、かならずしも音程やリズムが正確でない場合もおうおうにしてあります。でも、ちょっと聴いただけで、あ、これは森繁久彌だ、これは千昌夫だ、あるいは藤原義江だとか、ちゃんとわかる。それはかれらの歌が独自の魅力をもった唯一無二の世界を希求しているからです。

おなじく趣味をつきつめていくなら、基礎的な修練を積んだあとでは、そういうユニークな表現の領域をめざして、オリジナルの道を追求するのが王道だといえましょう。

いい写真と退屈な写真の違い

オリジナリティについて、すこしわかり易い例として、写真のことを話しましょう。

写真も私にとってはのっぴきならない趣味の一つです。写真は、ある意味では絵画と同じく「写す」という芸術です。ただし、絵を描くには絵の具や絵筆の準備が必要であり、描き上げるには相応の時間もかかります。デッサン、下絵、描画、そして仕上げ、と一枚の絵を仕上げるのは大変です。時間もかかります。その点、写真はその場ですぐに風景や場面を切り取ることが可能です。この即時性こそ、写真というメディアの最大の特色です。

昔は、写真もごくアナログな技術で、構図を決め、露出を計測し、カメラをしかるべく固定し、露出やシャッター速度を設定し……と、まずは撮るまでが一仕事の上に、つぎにはそのフィルムを安全に保管して、現像や焼付を依頼する。そのところまで、何日もかかったものでした。しかし、いまは万事がデジタルです。非常に簡単になりました。液晶画面またはファインダーで見たままを、そのまま電子ファイルとして撮影するので、即時に出来上がりを手に入れることができます。多少の不具合は、後でコンピュータ上で修正することもそんなに難しいことではありません。しかも、撮影した写真をパソコンに取り込んでおけば、いつでも気軽に探し出して、手許のパソコン画面で随時見ることができますね。しかも、後でその電子画像を見ながら絵画に描き起こすこともできるし、さまざまなデフォルメを加えて絵画的に造形することも可能です。いっぽうでまた、その写真を見ながら、旅先で遭遇した風景をじっくり眺めることで、和歌や俳句を詠んだり、紀行文を書いたりすることもできます。そう考えると、写真は表現手段であるだけでなく、創作メモとしての価値があるといえます。

しかし、同じ写真でも、まったく意味の無いようなスナップ写真もあり、美的なセンスのない「ヘタな写真」もある。上手には写してあるんだけれども、どうも退屈な写真だというような場合も多々あります。

では、いい写真と退屈な写真は、いったいどこに違いがあるのでしょうか。

不思議に写真道楽という世界は、男の独壇場のように見えます。ハッセルブラッドやマミヤなどの高級カメラを持っていて、周辺機器やそれらを入れるバッグなども、おさおさ本職に劣らないというような人もたくさんいます。その高価なカメラに高価なレンズを付け、ポケットをたくさん付けたチョッキを着込み、休日になるといそいそと撮影に出かけていくのですが、彼らの撮っている写真の多くは、どうも芸術的感興を催さないことが多いという感じがします。

そういう「カメラ道楽」の人たちは、多く何を撮っているでしょうか。ひたち海浜公園の満開のネモフィラ、富士五湖に影をおとす真白き富士山とか、菜の花畑に蒸気機関車とか、要するに絵葉書のような、ステレオタイプの写真ばかり多いという感じがします。

でも、写真とはそういうものなのでしょうか。みんなが見に行くものを見に行き、それを撮影したところで、どこに感動が生まれるのでしょうか。そのようなやり方では、どんな高級カメラを使おうと、出来上がったものは千篇一律の絵葉書写真のように退屈なものになりがちですね。

そういう絵葉書的な写真を何万枚撮影しても、結局はどこかで見たことがあるような、類型的で退屈な「絵」にしかなりません。

私は、そういう退屈で通俗な写真を撮りたいとは思わないですし、写真を撮るのに誰か他の人とつるんで出かけようとも思いません。撮影会などは、間違っても行きません。

私が尊敬する写真家の一人に武田正彦さんという方がいます。

武田さんはフランスを本拠に活躍しておられますが、かつては雑誌の仕事で、一緒にイタリアやイギリスを旅したことがありました。彼は小ぶりのカメラに三十五ミリの単焦点レンズを付け、パチパチと何気なくシャッターを切っては、実にいい写真を撮るのです。

「良い写真を撮りたいと思ったら、どういうカメラを選べばいいですか」

あるとき武田さんに聞いたら、武田さんはニコニコしてこう教えてくれました。

「林さん、キヤノンのＥＯＳ Ｋｉｓｓでいいですよ。これ一台あれば、十分です」

ＥＯＳ Ｋｉｓｓにもさまざまな機種がありますが、安いものは数万円から購入できます。数万円のカメラでも、撮り方しだいで素晴らしい芸術作品になります。実際にプリントした武田さんのＥＯＳ写真を見ると、絵画的な風韻が横溢して、いかにも「ものを言う」作品となっています。言い換えると、その写真を見ていると、そこにドラマが感じられたり、時間の流れが凝固していたりする感じなのです。ひとことでいえば、つまり、そのアート性の高さに驚きます。その写真は、武田さんがキヤノンのＥＯＳで撮影されて、キヤノンのギャラリーで個展を開かれたときの作品なのですが、今では、私の無二の宝物となっています。

その武田さんと旅をしながら思ったことは、彼が、「いまこの一瞬」という時空に出会うまで、粘り強く待ち続けるという忍耐力です。あるいは、とてつもなく早い時間に起きて、夜明けの光のなかの風景を見つけ出すとか、そういう努力と眼力のありようです。

つまり、写真で最も重要なのは、カメラ本体よりも「何をどう撮るか」なのです。つまりは、撮る人が撮れば、スマホでも素晴らしい写真を撮ることができることでしょう。写真の本質は自分の「目と心」を鍛えて、考えながら真摯《しんし》に撮ることにあります。名勝地や〝映《ば》えスポット〟などと呼ばれる通俗な場所で撮影している限り、どんなに高価なカメラを使っても「目と心」は鍛えられず、類型的で退屈な作品が生まれるだけです。そういう写真には、発見と感銘がないからです。別の言葉でいうと、「目垢《めあか》のついた風景」なのだから当然です。

誰もが撮りたがる絵葉書的風景にレンズを向けている時点で、撮る前から、凡作は約束されています。いい写真は「誰もが目にしているけど、誰もが気づかないような一隅」を切り取ったり、あるいはまた「無二無双の一瞬」を掬《すく》い取った作品です。みんなが目を向けないようなところ、あるいはみんなが見ているんだけれども気がつかずに見過ごしている一瞬、そういうものにこそ、レンズを向けるべきなのです。

例えば、信州の安曇野《あづみの》に中綱湖《なかつなこ》という小さな湖があります。その湖岸に数本のオオヤマザクラがあり、春を迎えて開花すると、対岸の新緑の低山と背後の北アルプスの雪峰を背景として、淡紅色に薫る花が鏡のような湖面に映り込みます。ここは、地元では有名なフォトスポットです。そのため、季節になると、対岸の湖岸には高級なカメラを構えた趣味の素人写真家がずらりと並ぶのだそうです。

でも、私はそんな景色を撮って、何が面白いのだろうと首をかしげます。みんなが撮っている有名なフォトスポットに、わざわざ出かけていってシャッターを押す、できたものは千篇一律の通俗な写真になってしまって、そこには撮影者の個性や発見などは少しも感じられないものです。

反対に、「誰も気づいていない風景」こそ撮影する価値があります。

自分の目と心を以て、自然や社会をよくよく観察し、多くの人が気付かないような「なにか」を写す、という心がけ、それこそが写真術の最肝要なところで、使用機材などは、二の次三の次のことに過ぎません。

何もない風景にいかに価値を見出せるか

もう少し写真と風景というようなことについて話しましょう。

私は、若い頃、継続して旅行記を書く仕事をしていた経験があります。日本自動車連盟が刊行する『JAF Mate』という雑誌で、六年にわたって毎月旅のフォトエッセイを連載していました。まだ景気のよかった時代で、その撮影のために、毎月三泊四日の旅をして、自由自在に写真を撮影したものでした。

作家が旅行記の取材をする際には、必ず写真家が同行します。たいていの場合、そうした雑誌の旅行記事ですと、編集者が前もって「行くべき場所」をあれこれと考えて予定を組み、なおかつ場合によっては写真家が事前にロケハンを行い、あらかじめ絵になりそうな風景を探しておきます。作家は指定された場所に出向き、写真家にうながされるまま、名物料理をほおばる姿や、頭に手ぬぐいを乗せて温泉に浸かっている姿を撮影されるなんてことになります。

けれども、そんなレディーメードのお仕着せ旅行なんかしたって、なにかを感じる旅行記なんか書けるはずもなく、写真だってありきたりの名勝写真になってしまいます。

そこで私は、「連載を引き受けるからには、私が行き先を決めます」と宣言し、毎回、どこへ行くのか、前もっては誰も知らないという旅をすることにしました。雑誌としてはかなり勇気のいる決断であったろうと思います。

私が選ぶ旅先は観光地ではなく、なんということもない地方の町や里です。その連載開始に先立って、写真家はさぞ困惑したことと思います。

「そこに何があるんですか？　何を撮ればいいんですか？」

まあ、当然の問いかけですね。そこで私はこう答えました。

「いやいや、何があるかなんて、実際に行ってみないとわかりません。行ってみてから見つけるんです」

編集者も写真家も、困惑して、こんな人に旅行の連載を頼むのじゃなかったと後悔したかもしれませんね。もし撮影に適した風景が見つからなかったらどうするんだろう……と茫然たる思いだったと、写真家は、あとで述懐していました。

この連載に随行してくれたのは、小泉佳春《よしはる》君という若い写真家で、彼も当初は不安を感じたそうです。

しかしながら、実際に一緒に知らない土地を歩いてみると、いろいろなものが目に入ってきます。私の興味を引くのは、狭隘な古い路地や、錆《さ》び曝《さ》れたような古い建物など、普通の旅行記には掲載されないようなものばかり。

「ちょっとここ面白くない？　この荒涼たるところがいいねえ」

そんな話をしているうちに、小泉君はだんだんと私の物の見方をつかんできたようでした。しだいに彼は、自分でも独自の視線で風景を腑分《ふわ》けし、誰もが気付かなかったような味わいを発見するようになっていきました。

「ちょっと待ってくださいね」と言うと、小泉君は、あっちに行ったりこっちに行ったり、坂道を上ったり、水辺に降りたり、四方八方駆け回ってベストな「風景の絵」を探し出し、何でもないように見える場所で、独特の風景を切り取って見事な絵にしてくれました。やはり名所旧跡でないところにこそ、日本じゅうどこでも、「見るべき景色」がちゃんと隠れているのです。

小泉君が撮る写真は毎回素晴らしく、「なるほど、こう撮るのか！」と感心するばかりでした。取材行を重ねる中で、彼が「先生、私は俄然風景写真の撮り方がわかりました」と言ってくれたことがあったのですが、実際に教えてもらったのは私のほうです。

「先生、こういうときは、こういうレンズを使うといいですよ」

「ちょっとこのフィルターかけてみるといいかもしれません」

彼に与えてもらったアドバイスの一つひとつが、今でも私の写真術の基礎となっています。

残念ながら小泉君は若くして亡くなってしまったのですが、その素晴らしい写真の数々は『私の好きな日本』(ジャフメイト社)『「どこへも行かない」旅』(光文社)の二冊に分けて、私の文章とともに、単行本化されています。この後者の一冊は半分ほど私の撮った写真も使ってあります。

自分の目と心根を鍛える——私の旅の流儀

趣味、といえば、まずは「旅行」と答える人がずいぶん多いように思います。

で、じつは今までにいろいろな紀行の本や、旅行記の連載などを書いてきたことから、私はよほど旅好きの人間なのかと思われているふしがあります。

しかし、正直に申せば、私自身は決して旅行好きというわけではありません。たとえば、小さなリュック一つ背負って、風来坊のように鉄道乗り継ぎの旅に出る……なんてことは、金輪際考えたことがありません。むしろ、旅のための旅、自己目的としての旅などをすることはほとんどありません。じっさいに私が旅をするのは、たとえば地方での講演だったり、雑誌やテレビ番組のための取材など、仕事として旅しているに過ぎないのです。

しかし、だからといって、旅先では自由な時間を持たないのかといったら、それは違う。仕事は仕事、いっぽうで、その行き帰りの自動車運転は、自由気ままな道楽旅と思っています。

つまり、旅先には、たいていしかるべき仕事という目的があって、それは何月何日までにしかじかの町へ着いていなくてはいけない、ということが決まっている。それは仕事ですから当然です。しかし、ではそのための旅程を、たとえば招聘先やら、出版社、テレビ局などに任せて丸投げしてしまうかといえば、それはしません。何月何日の何時までには、確実に目的の会場へ着くように、これは決して外さない。しかし、それまでの間は、どこをどう通って、何時間かけてそこへ行くのか、また出張先でのホテルはどうするのか、それらは、まったく人任せにはしません。ホテルなど、私は断じて人任せにせず、自分で予約します。それに行き帰りの交通手段は、まず例外なく自分で自分の車を運転してゆく、ということにきまっているので、その旅程は自由で楽しい旅、というふうに認識しています。


もうだいぶ昔になりますが、イギリスブームの真っ最中の頃、ある旅行会社のスタッフが私のところへ相談に来ました。

「どうでしょうか、一つリンボウ先生と行くイギリスの旅、という企画を立てたいのですが、ご協力いただけませんでしょうか」

そういうのです。そこで私は、こう答えました。

「よろしいですよ。そのかわり、私として承諾するための条件は、まず、名のある観光地には行かない。誰も知らないような、田園地方をゆるゆると周遊する。ホテルも一流ホテルには泊まらないで、田舎のパブを兼ねたようなB&Bに泊まる……というような条件ではいかがでしょうか。旅先では、とくになにも予定はなく、各自自由に田舎の時間をたのしむだけ……」

黙って話を聞いていた旅行会社のスタッフは、困惑したような表情を浮かべて、

「それではいちおう、会社へ持って帰って検討いたしましてから、また改めて御連絡いたします」

と言って帰っていきましたが、その話はそれっきり、二度と連絡は来ませんでした。

そもそも、私のような観光地は避けて通る、なにもない田園や寂れた町などを歩き回る、なんてことは、きっと賛同する人が限りなく少ないでしょう。しかし、冗談でもなんでもなく、私はそういう「寂しいところ」を歩くのが好きなのです。脚光の当たっていないところにこそ、ほんとうの「もののあはれ」や、「古くからの歴史」が眠っていると信じるからです。真に美しい景色だって、いわゆる名勝名峰やら神社仏閣などにはありません。それはもう、手垢目垢のついた古ぼけた景色でしかない、と私は思います。そうじゃなくて、無目的に寂しいところを歩き回って、ふと見上げた里山などに、ああしみじみと美しいなあという景色を見いだすのです。

それゆえ、旅行会社が作った旅程表にしたがい、ツアーの同行者と一緒に名所旧跡なんぞをぐるぐると回る、などという予定調和の旅など、面白いはずもなく、発見などはできる道理がないと私は思っています。予定を決めない、自由に動く、なんでも見てやろうという心で旅を楽しむからこそ、随所に思わぬ発見があり、旅の醍醐味が味わえるのです。

たとえば、地方講演に行くとして、家を出てから講演会場までのすべての道程が旅であると考えると、時間的な縛りが強い列車より、自分で運転して目的地に向かうほうが旅の自由な楽しみが確保できます。列車などに乗って、赤の他人と肩を接して座っていく、なんてのは、考えるだけでも憂鬱です。

なにしろ私は無類のドライブ好きであり、二十歳のときに運転免許を取得して以来、一日として車を運転しない日はないといっていいぐらい長時間を車の中で過ごしてきました。

そうなると、それがバスであれ、タクシーであれ、友人であれ、他人の運転はどうしても楽しからず、ただただ緊張を強いられるばかりです。したがって、仮に自動車であっても、乗客として車に乗るのは嫌いで、「自分で運転する」ということが、旅の楽しみの基本条件なのです。「ああ。今日は車を運転して出かけられるなあ」と思うだけで、なんだかウキウキとしてくるのです。

若い頃は、青森でも秋田でも、和歌山や広島でも一人で運転して車で往復していましたが、さすがに七十五歳を超えた今は自重し、関東一円と名古屋、新潟、金沢あたりまでを運転の限度と決めています。

自分で運転すれば、好きなときに好きな場所で車を停めることができます。一般にはまったく知られていない土地の、鄙びた古道を辿《たど》った先に、郷愁を誘う景色を見つけたり風情のある街並みを見つけたりしています。

もちろん、仕事を終えた後も真っ直ぐ帰宅はせず、必ず高速道路を自由気ままに乗り降りしながら、面白い風景を探します。味わい深い景色を見つけたら、持参したカメラやスマホで写真を撮ったり、俳句や和歌などを作って書き留めたり、あるいはその風景を文章で描写して書き留めたりするようにしています。

スケッチをするときは、本格的に絵を描いていると時間がかかりすぎるので、その場では簡単なクロッキー風の描写にとどめ、スケッチには短い文章を添え、その場所を地図に書き入れておきます。こうすれば、あとで撮っておいた写真やスケッチをもとに、絵を完成させたり、エッセイを書いたりすることもできます。いずれにせよ、時間も経路も自由だからこそ、旅の収穫ともいうべき発見が得られるわけです。

宿を決めるにも自分の流儀があります。

私は宿泊先を他人任せにせず、必ず自分で手配します。まず避けるのは狭い部屋ですが、なにごともほどほどということが肝心で、私はあらかじめ決めた一定の予算内で、しかしできるだけ「広い部屋」を予約します。

広さは、宿の第一条件で、鼻先がつっかえるような狭い部屋はなにより嫌です。

同時に、いつもはたいてい一人で旅行しますが、それでもホテルはツインのシングルユーズということに決めています。そうすると、シングルの部屋よりも広さがあり、かつ一台のベッドは使いませんから、そこにトランクを広げたり、資料を置いておいたりするスペースとして使用できます。

なにごとも使い勝手の良さが大切で、そういう条件のなかで、できるだけリーズナブルな値段のホテルを探すということにしています。

選ぶのは和風の旅館ではなく、基本的にホテルやコンドミニアムです。旅館に泊まらないのは、日本式の旅館というビジネスモデルが、私の好尚にはまったく合致しないからです。だいいち畳の部屋に座るというのが、まず大の苦手です。なにしろ腰が良くないので、和室に座るのは非常に危ない。それゆえ、和式旅館では、どんなに高級な宿でも、私には「居場所がない」という思いがします。自宅でも一切和室はなく、すべてはフローリングの洋室ばかりで、四六時中椅子に腰掛ける生活様式なので、旅先で和室に座らされるなんてのは、もってのほかの不愉快なのです。

つぎに、旅館の食事がいやです。多くの旅館では、こちらの好き嫌いにお構いなく、食べきれないほどの料理が提供されます。しかも、内容は刺身に天ぷら、肉の陶板焼き、茶碗蒸し、酢の物などとたいてい相場が決まっていて、どこへいっても千篇一律、この時点でもう失格です。旅に出たら、その地方地方のローカルな味わいに見参したい、それが私の希望ですが、となると和式旅館のお仕着せ「旅館飯」は、どうもよろしくない。

そこで、まずはホテルに決めて旅館には泊まらない、しかもホテルは素泊まりにして、二食付きの予約などは一切しません。基本的に「素泊まり」です。そのうえで、その土地土地の名物料理屋とかローカルな名産の店でも見つけたほうがはるかに楽しく、しかも安上がりではないですか。素泊まりにすれば、宿の都合で到着時間や出発時間が縛られる心配も無用です。

ついでに一こと言っておくと、私は基本的にホテルの朝食も食べません。朝起きたら、すぐに身支度をして食堂へ出ていって、見ず知らずの人たちと食事をするというのが、どうも面倒だし、性《しょう》にあわないのです。

そこで、私は朝食は、もっぱらコンビニのおにぎりとか、サンドイッチのようなものを前夜に買っておいて、それを部屋で食べて、お茶などを喫して、それでおしまいです。ふつうの生活でも、朝食はそんなにあれこれ食べるわけではないので、これで十分。いつぞや夫婦で金沢に旅行したときに、妻がホテルの朝食を食べに行こうというので、つい付き合ったところ、食べ慣れない重い朝食となってしまって、それから半日胃が痛かったという苦い経験もあります。

というわけで、宿はホテルの素泊まり、できるだけ広い部屋で、ツインのシングルユーズ、と決めているわけです。

旅と地図の楽しみ方

もうひとつ、旅行をするとき、私はガイドブックの類はいっさい見ません。その代わりに見るのが地図です。

どこへいっても、地元の本屋さんや、あるいはコンビニのようなところで、その地方のドライブ地図帳のようなのを売っていますから、それを買って携行します。

いっぽう、自宅には古いものから新しいものまで、各種の地図のコレクションを揃えてあります。

例えば、信州に旅行するとしましょうか、その場合、コレクションの中から信州の地図を取り出してきて、明治、大正、昭和、現在の五万分の一地図を並べ、それぞれをじっくりと見比べます。そうすると、変化しているところと変化していないところがわかります。

それで興味を引かれたところは、それらの地図をコピーして持っていくということもあります。今の地形を眺めながら、古い地図と引き比べる、これがまた面白い。「ああ、この道は明治の中期から一つも変わっていないんだな」とか「そうか、昔はここは池があったのを埋め立てたのか」とかいう視点で、立体的に風景を眺めることができます。そうして、「このあたりの人たちは、昔この道を馬を引いて行ったり来たりしていたんだな」などと想像するだけで、何ということのない道でも、独特の風情が感じられてくる。そんなところに、地図を見ながら現地をたどる旅の楽しみがあるわけです。

古い地図は、たいてい手頃な値段で入手できます。『日本の古本屋』というインターネットサイトを使えば、日本全国の古書店に在庫のある品を検索・購入することも可能です。あるいはヤフーオークションなどにも、常時夥しい古地図が出品されているので、探せばたいていの場所の古地図が、各時代見つけられるものです。

何しろ地図はガイドブックと違って余計なことを言いません。ガイドブックには、それを書いた人の主観が入ります。余計な情報もあれこれ書かれているかもしれない。しかし、地図は、寡黙に「あるとおりの姿」を示しているにすぎません。そこがいいのです。

あくまでもその地図のなかから、自分で見どころを発見できるところに、無窮の楽しみがあります。

また、旅に出る前から、家で新旧さまざまの地図を見ながら「なんとなくこの地名は面白そうだ」「この山道に行ったらどんな景色が見えるのだろう」などと想像し、実際に車を運転して出かけてみることもあります。

自分が旅行した場所の地図を自分の手で描いてみるのも、なかなか楽しい時間です。具体的には、地図帳を開いた状態にして、地図を見ながら水性ボールペンで紙に白地図を描き写していくのです。

フリーハンドですから、当然、地形はゆがみますし、縮尺も不正確な地図になります。でも、描き直しはせず、息を止めるようにして一気に描き上げます。できあがったものを見ると一つのイラストレーションになっていて、元の地図とは違う味わいが生まれます。

最近でいうと、徳島県の椿泊《つばきどまり》という町を旅したあと、自宅に帰ってから椿泊町の地形を紙に描きました。

地図を手書きすると、旅行の記憶も楽しく思い出されます。

私が椿泊の町を逍遥したあと、町を出てそのあたりの山道をドライブしていたところ、一軒の旅館に逢着《ほうちゃく》しました。どうやらその日は宿泊客もいなかったようで、その宿の人が、これから戸締まりをしようとしているところでした。

あたりには、他に食堂らしき店も見当たらないので、思い切って「こちらで食事をすることはできますか」と声を掛けてみました。すると、旅館の人は「ありあわせでよければ」と言いながら、快く迎え入れ、美味しい食事を提供してくれたのです。こういった旅先の出来事を地図の余白に記録しておくと、一生の思い出にもなります。旅は偶然であり、旅はまた出会いでもあるのです。

収集（コレクション）を趣味にすることの面白さ

ここで視点を変えて、趣味のカテゴリーの一つである収集（コレクション）について考えてみましょう。

私もいろいろなコレクションをしているのですが、なかでも力を注いできたのが、大正時代から昭和期にかけて活躍した川瀬巴水《かわせはすい》という版画家の木版画です。

私が川瀬巴水のコレクションを始めたのは、まだ大学一年か二年の頃ですから、今から五十五年くらい前のことです。川瀬巴水は亡くなって十数年といった時期で、当時はあまり注目されている画家ではありませんでした。「あんなものはポスターアートだ」などと、一部の評論家たちからは散々に酷評されていたのでした。

そんなわけで、当寺はまだ芸術品としての真の価値が認められていなかったものの、私の目には、なにかこう、グーッと心を引きつけられる郷愁ある情緒が感じられ、魅力のある版画だなあと思ったものでした。

とはいえ、当時は巴水作品がいくら安かったといっても、素寒貧《スカンピン》の学生であった私にはそう気楽に買えるというものでもありませんでした。

「将来、自分が仕事を持ち、少しでも生活に余裕ができたら、この川瀬巴水の作品を買い集めていこう」

そう心に決めたのでした。

そうして、教職に就いてからというもの、家計をやりくりしながら爪に火をともすようにして、一点また一点と、作品を購入するようになったのです。

そうこうするうちに、機会を得て川瀬巴水に関する本や原稿を執筆するようになり、あちこちで巴水の素晴らしさを説いていたところ、年を追うほどに、巴水作品の評価はどんどん上がっていきました。

現在では、彼の作品は海外でも非常に高く評価されているのですが、それを決定付けたのはスティーブ・ジョブズが十代の頃から巴水のコレクションをしていた事実が知られたことです。今や押しも押されもせぬ一流の版画家としての評価が確立し、作品の価格は一気に高騰、入手困難となっています。

それにともない私のコレクションも相当な価値になったのですが、ここで強調したいのはもともと私が潤沢な資金をもとに作品を集めていたわけではないということです。

自分のこづかいの範囲で、人が評価しないものを見つけてコツコツと集める。集めた結果、なにか新しい「美」を発見したり、人が気付いていなかった「歴史」を知ったりもする、これこそがコレクションの醍醐味であり、私の自宅にあるのはそうやって集めたものばかりです。お金持ちが、金に飽かせて買い集める、そういうのは私には関係のない、別世界のことにすぎません。

新たにボール表紙本の面白さに目覚める

また別のコレクションに「ボール表紙本」というものがあります。文字通り、ボール紙の表紙を付けた古い洋装本のことです。

日本では、明治二十年頃まで、本は和紙に木版印刷で刷られた和綴じの本が主流でした。明治維新を機に、西洋から活版印刷が輸入されたのですが、明治の前半期は江戸時代からの木版印刷職人も健在だったので、木版のほうが簡単に安く印刷できたのです。

明治十六年に鹿鳴館が建てられ、いよいよ西洋文化が庶民にも浸透してくるにつれ、活版印刷が徐々に木版印刷を圧倒するようになっていきます。ただ、当時の日本の製本業界は、まだ技術的に未熟で、今日のような本格的な洋装本を作ることはできませんでした。

そこで、活版印刷で印刷した本文紙にボール紙の表紙を付け、本文用紙は鉄のピンで留めて、角背に黒い布を貼り付けて製本するという、簡便な装訂の本が世に送り出されました。時代的には、早いものは明治の十年前後から始まり、最盛期は明治二十年前後の二十年間くらいで、明治も三十年代になると、もっと本格的な洋装本に移行していきます。いわば、文明開化鹿鳴館時代のあたりに、その文明開化的書物として現われた、一群の啓蒙的あるいは娯楽的洋装本のことを、今では「ボール表紙本」と呼んでいます。

今のところ、ボール表紙本にはほとんど誰も注目していないため、値段はそれほど高くありません。すなわち、現在の流通価格は一冊数千円から高くても二〜三万円といったところ。競合者が多くないため、私でも気軽に集めることができ、今では三百五十点ほどのコレクションとなりました。

ボール表紙本をコレクションするのと並行して、ボール表紙本の魅力についてあちこちで文章を書くなどして、興味を持った人に披露するという普及活動も行っています。いずれボール表紙本の歴史的価値が再評価され、価格も上がっていくと予想しています。

もちろん、私は投機目的で集めているわけでは毛頭なく、世の中に埋もれているものの中から自分が面白いと思うものを「発見」し「発掘」して、「こんな面白いものがありますよ」と広く知らせていくことにコレクションの意義と楽しさがあります。

また、コレクションは面白がって集めるだけでなく、そこから何らかの研究につなげるという発想も重要です。

例えば、明治時代の日本文学の研究者は、夏目漱石や森鷗外の作品を熱心に読んでいるかもしれませんが、漱石や鷗外の時代の青年たちが、どんな形で読書をしていたのだろうか、というところまでは、なかなか意識が及んでいません。

問題はそこなのです。漱石や鷗外は、江戸時代の和装木版本かボール表紙本で、古典作品などを読んでいたはずです。また当時流行した、「演説本」なども目に入っていたことでしょう。

演説本とはなにか。これは、明治八年に福沢諭吉が三田に演説館というのを創立して、そこを会場としておおいに演説（スピーチ）を奨励したというのは知られている史実ですが、やがて自由民権運動などの高まりに際会して、いろいろと演説を標榜する本が、ボール表紙本のなかに現われてきました。自分で当時の本を集めて、実際に読んでみれば、そのあたりの状況が如実にわかります。

今言う「演説本」のスター作家は、痩々亭骨皮道人《そうそうていこっぴどうじん》という奇人でした。松山の人で、本名西森武城《にしもりたけき》、その伝記的な詳細まではよくも知らないのですが、ともあれ、明治の二十年代を通じて、非常な名声を博した流行作家であったようです。

さて、痩々亭骨皮道人の代表作『(拍手喝采《はくしゅかっさい》)滑稽独演説《こっけいひとりえんぜつ》』は、明治二十年の刊行ですが、じつは同じ年月の刊行で版元の違うものがあります。明治二十年四月出版で、銀座共隆社《きょうりゅうしゃ》版のと、浅草大川屋錠吉《じょうきち》版のとがあります。なおまた、共隆社版にも、表紙が二種類あって、骨皮道人の肖像と見える人物像を表紙に掲げるのですが、一つは青年風、一つは壮士風で、まったく風貌を異にしています。また大川屋のほうは、もっと戯画的な道人肖像で口角泡《こうかくあわ》を飛ばして演説している風情の絵表紙となっています。つまり、こう版種版元が色々あるのは、畢竟《ひっきょう》この本がよく売れたからだろうと推量できます。

さらに、その続編も刊行されました。すなわち、明治二十年十一月出版の『(拍手喝采)続滑稽独演説』がそれで、これも銀座の共隆社版と浅草の大川屋錠吉版のとが並行して売られています。さらには、明治二十三年三月出版の『滑稽席上演説《せきじょうえんぜつ》』も、その更に続編らしく思われます。以上はみな四六判布角背《しろくばんぬのかくぜ》の所謂《いわゆる》ボール表紙本で出ている。これにもまた大川屋錠吉版の別本があるのですが、それは刊行年月日は同じながら、明治二十八年再版とする一回り大きい菊判《きくばん》の並製《なみせい》本（ペーパーバック）であり、しかもその再版本にも二種類の表紙絵があって一様ではありません。

こういう演説本の世界は、集め始めると切りがなくて、明治十四年刊の阪田哲太郎『日本演説大家集』、明治十八年刊の齋藤和助編『板垣退助君高談集』、明治二十年刊の福井淳『雄弁大家演説集』、明治二十三年刊自由散士『政治演説』のような真面目な政談演説本もあるいっぽうで、骨皮道人の著作あれこれ以外にも、明治二十一年の竹夭道人《ちくようどうじん》『（旧弊開化《きゅうへいかいか》）口論会《こうろんかい》』、同じ年の脹満居士《ちょうまんこじ》『（明治照代《しょうだい》）開胸滑稽演説《かいきょうこっけいえんぜつ》』、同年刊の大天狗哲想《だいてんぐてっそう》『滑稽哲学雷笑《らいしょう》演説』、同年刊漫言居士《まんげんこじ》こと齋藤勇雄の『吃驚仰天《びっくりぎょうてん》滑稽演説』、明治二十二年刊顋尾外《あごはずし》こと西村富次郎の『滑稽自慢演説』などなど、滑稽本の一種としての演説本も、まさに枚挙《まいきょ》に遑《いとま》なきありさま、そのなかでも骨皮道人の演説本は上記以外にもあれこれと夥しく出版されていて、よほどの流行作家であったことが明白にわかります。

というように、いわゆるベストセラー群を形成しているのが、ボール表紙本界における演説本の一群で、よほど新時代の血気さかんな青年たちに読まれたものらしく思われます。こんな演説本の一群を読んでみると、漱石が『吾輩は猫である』を、なぜああいう文体で書いたのかということの、一つの底流が、ここにあるように観察されもするのです。

こうして、ふとした興味から、コレクションしたボール表紙本が、その時代の世相や文化などを、そこはかとなく示し教えてくれています。

版画界にあっては、川瀬巴水が、まさに目《ま》の当たりに滅びゆく「古き佳き日本」の原風景を木版画という形で造形してくれたことで、当時のなつかしい風光を感じることができますし、ボール表紙本の世界を渉猟すると、明治の青年たち……つまりは私の祖父母の年代の青年たちが、どんな本を読んで熱狂していたかがわかります。

こうして、ちょっとした趣味の一つとして集め始めた、巴水の木版画も、ボール表紙本も、そこから新しいものの見方を知る機縁ともなって、まさに興趣《きょうしゅ》は汲めども尽きせぬものがあります。

コレクションは一定数を集めることで初めて意味を持つ

私がコレクションをしているものは、集めている最中は誰にも理解されません。家族からも常に「どうして、こんなゴミみたいなものを集めているの？」「こんな汚い本をまた買ったの？　もういい加減にしたら」と言われ続けています。

しかし、収集は百、二百と数が集まってきたときに初めて面白さが見えてくるものであり、目に付いたものを片っ端から集めるのが基本です。私が川瀬巴水について本を執筆できたのも、身銭を切ってコツコツ作品を集めたからであって、人の褌で相撲を取ろうとしても、そうはいきません。

もう一つの例を挙げれば、江戸時代に出版された『古文真宝《こぶんしんぽう》』と『三体詩《さんていし》』という漢詩文のアンソロジーがあります。これは江戸時代における漢詩文の二大アンソロジーであり、かつては大量に流通していたものでした。

なにしろありふれた本でしたから、私が学生の頃は、古書店に行けば一点数千円といった小軽い金額で簡単に入手できました。興味を持った私は「いったい世の中にどれだけこの本が出版されたのだろうか？」ということを見極めたくなって、いっそ見つけしだい買い集めることにしました。

実に四十年にわたって収集を続けた結果、コレクションは六百五十点ほどに増えました。そうしたら、やはりと言うべきか『古文真宝』と『三体詩』の評価が高まり、今では江戸時代の文化を研究するための貴重な重要とみなされるようになったのです。このコレクションは、その後、国文学研究資料館に一括して移譲して、私の手許を離れました。

現在、関心を持って取り組みたいと考えているのが春画の収集です。すでにある程度の数を集めました。

春画は好事家《こうずか》も多いので、オークションなどでは価格が高騰しがちです。「春画」といって誰もが思い浮かべる、江戸時代の歌麿・北斎などの浮世絵のような木版画が高価なのは間違いありません。けれども、その後の時代の、例えば明治から昭和にかけての、いわゆる秘密出版の春画や春本というのは、まだ誰も見向きをしていないので結構安価に入手できます。

春画・春本は実に志の低い出版物で、子どもには見せられない世界ですが、そのバカバカしさにこそ面白さがあります。

もっとも、春画といっても、鎌倉時代の成立と言われている『小柴垣草子《こしばがき》』のようなごく古いものから、春画花盛りの江戸時代を経由して、明治以後のそれに至るまで、長い伝統と、無数の作品が残されていて、これまた集め始めたら切りがないという世界です。近代の春画・春本の延長に秘密文学があり、例えば永井荷風の作品があり、川上宗薫、宇能鴻一郎、団鬼六、勝目梓といった官能小説のながれにも、どこかで通底するものがあります。いずれ、誰かがそういった裏の文学史をきちんと研究しなければならないと思うのです。

春画や春本は図書館などで公開しているものでもないので、研究するには自分で収集するしかありません。そもそも、本はガラスケース越しに見ても無意味です。手に取って、読んでみてはじめて何かがわかるものです。だから、ともかく地道にコツコツと集めてみる、そのことがもっとも大事なのです。

書画骨董は「買う」ことで眼力を養う

私の普段の生活などは本当に地味なものであり、外食は滅多にしませんし、よく使う食材を一通り揃えておいて、無くなるまで工夫して使い切る節約の工夫を徹底しています。毎日の食事は、近所のスーパーで買った食材で、私自身が調理して食べます。それがいちばんお金のかからない、しかも栄養的にも安全な食生活にちがいないと思っています。

また、衣類はユニクロなどの廉価なものを丁寧に着回していますし、時計も千九百円くらいで買えるソーラー時計を愛用しています。

だいたい、ゴテゴテした装飾の「高級」時計は重くて嫌いです。老眼で細かい物は見えないので、日付なども不要。時計は時間を知るための道具ですから、何時何分という時刻表示さえ正確であれば、それで十分です。ユニクロを着て、安価なソーラー時計を身に付け、自由になる予算の範囲でときどきボール表紙本や江戸時代の写本・版本などを購入できれば、それで満足すべきであろうと思っているわけです。

もともと自分が資産家の御曹司とかであったなら、コレクションのあり方も変わっていたのでしょうが、一介の大学教員の給料などたかが知れています。研究に必要な文献も購入する必要があり、自由にできるお金には限度がありました。

けれども、手元が豊かでなくても、コレクションを楽しむ余地は十分にあります。だいたい、みんなが価値を認めているものを後追いして、財力にものをいわせて手に入れていたのではつまらない。

お金持ちが高価な絵画やストラディバリウスなどを収集しているのを見ても、まったく羨ましいと思わないし、ただの道楽であり、投機だと思うだけです。それよりも、他の人がまだ気づいていない、大して価値がないと思われているジャンルに分け入り、掘り出して、ものを言う面白いコレクションを形成するところに醍醐味があるわけです。

最近、ある知人が亡くなり、その人の遺品を整理するという話を聞き、ご自宅を見せてもらう機会がありました。その人はもともと高校の先生で、有名人でも特別な資産家というわけでもありません。

しかし、お宅にお邪魔して驚きました。先生が生前に収集した絵画や焼き物、骨董品のコレクションが並べられていて、どれを取っても良い物ばかりなのです。

「よくぞ家族の反対を受けずにこれだけの物を集めたなあ」と思うと同時に、センスの良さに感心しました。そうして、市井《しせい》の人でも、正しい感性を養えば、通《つう》を唸らせるようなコレクションができるということを再認識しました。

絵画などの芸術作品は「買う」ことで眼力が養われるということを覚えておいて欲しいと思います。

美術館で評価が定着している作品を鑑賞するのもよいのですが、他方また、街の画廊などをめぐってみれば、「買う」という視点で作品を眺めることができます。画廊で漫然と絵を眺めるのではなく、気に入った作品があれば購入するという意識で目を向ける。実際にお金を出して購入するとなれば、小さな作品だって真剣に見るようになります。この切実なる思いが、眼力・鑑識眼を養うわけです。

例えば、友人と一緒に画廊に行って「買うならどの作品か」をお互いに話し合ってみるのもいいですね。人によって好みが違いますから、「えっ、この作品を選ぶの？」ということも往々にしてあることでしょう。

しかし、あくまでも買うのは自分なのですから、自分の感性で評価するしかありません。そうやって世間の評価とは切り離されたところで評価を議論すれば、自分はどんな作品が好きなのか、自分は何を今買うべきなのかが明確になっていくのです。

もちろん、実際に絵を買って失敗することもあります。家に飾ったら、思っていたのとイメージが違ったり、すぐに飽きてしまったりするのはよくある話です。それでも失敗をした分だけ、確実に眼力が養われます。ああしまった、という「残念な思い」もまた、眼力を養うための「授業料」なのですから、結局、投じたお金は無駄にはならないのです。

勉強や研究を趣味にしたい人へ

この章の最後に、趣味を究めることに関連して、学び方について言及しておくことにします。研究を趣味にしたいというのは良い心がけです。

世の中には、人々の「学びたい」という意欲に応《こた》える学校がたくさんあります。例えば、カルチャーセンターのような講座や、大学や学会などが一般人向けに公開している講座や、各市町村が運営する市民大学など、枚挙《まいきょ》に遑《いとま》がありません。

手始めにカルチャーセンターなどで興味を持った講座を受講してみようと考える人も多いことと思います。そういった場にも意味がありますし、学びのきっかけとして利用するのも大いに結構です。

ただ、問題はそこから学びをどう発展させるかです。

カルチャーセンターの先生は、自分が勉強して得た知見の一部を、一般の人に向けて伝えているわけですが、その先生の知見が正しいという保証はどこにもありません。あくまで先生による「一つの解釈」を聴いているというだけです。

学びを深めたいなら、他の先生の話も聴いてみる、あるいは別の人が書いた研究書を読んでみるなどして、自分なりの解釈を模索してみる必要があります。ここでもオリジナリティが求められるのです。

大学で学生が学ぶときにも、教授の学説を鵜呑みにするのではなく、教授がどのような資料を使い、どのような筋道で考え、その学説を打ち立てたのかという「方法」に着目することが大切です。

また、本当に学ぶことの本質を知っている先生なら、学生に資料の読み方や思考の手順を教えてくれるはずです。勉強の方法を身に付けることができれば、あとは自分で調べてどんどん学びを深めていくことができるからです。そういうふうに方法を伝授することなく、自分の解釈を一方的に押し付けるような先生は、じつはあまり良い教育者とは言えませんが、カルチャーセンターなどの講座では、方法論までをしっかりと教授することまでは求めていませんから、やはりそういう講座で学ぶことには限界がありましょう。

こうした研究は、結局のところ、自分一人で、自前のお金で、主体的に進めていくに越したことはありません。一人でやっていれば、いつやめても自由ですし、追究すべきテーマを自由に設定することも可能です。

とことん好きなことを勉強して、成果を発表できれば素晴らしいですし、大した発見がなくてもそれはそれでかまいません。勉強の醍醐味は過程にこそあるのですから。

研究を究めるなら古典から読む

人生をかけて研究を趣味にして究めていきたいという志がある人は、『○○入門』などのお手軽な啓蒙書から読むのではなく、いきなり原典に挑戦することが大事です。例えば歴史を学ぶとき、下手な解説書から手を付けると、本当の意味での発見がなくなります。それどころか、最初に主義主張の偏った著者の本を読んでしまうと、その内容が刷り込まれて、正しい認識に到達できないおそれすらあります。だから、できるだけ真っさらな気持ちで歴史そのものに向き合うべきであり、それにはまずもって原典からあたるのが最善策なのです。

歴史の中でも古代史に興味があるなら、『日本書紀』とか『古事記』、『律令』といった基本的な文献から読み始めるのが一番です。原典を読むのは簡単ではないですが、注釈書などを片手に、少しずつ読み進めれば、そのうちに慣れてきます。

原典を読むと少しずつ理解が深まり、啓蒙書よりも圧倒的な楽しさを感じることができます。半年も続けたならば、もう面白くてやめられなくなるはずです。

私が原典の確認を徹底しているのは、研究者として生きてきたことと深く関係しています。論文を書くとき、「誰々がこんなことを言っている」という文章を引用するのは簡単ですが、それは従来の研究の到達点を再確認するに過ぎないのですから、ほんとうの研究はその先にあります。すべてを疑ってかかり、誰かが書いていることについては、もういちど原典に当たって、調べ直し考え直す、それが「学問」というものです。

ところで、なにか一つのことを調べるとき、図書館で調べるのが普通の人のやり方だろうと思いますが、なにか参照するべき文献に行き当たるたびに、往復の時間をかけて電車に乗ってたとえば国立国会図書館とかに出向いて、そこで本を探して、出納してもらうとしたら、それは相当の時間と手間がかかります。もしたとえば、国会図書館に行かなければ見られないという資料があるならば、その場合は、大変でも国会図書館まで出向いて、出納してもらって閲覧するという手間をかける必要がありますが、そうでもない普通の資料についてまで、いちいち図書館で調べているようでは、大切な時間がいくらあっても足りません。

だから、私はインターネットの『日本の古本屋』サイトで検索し、必要な古書をみつけたら、即座に注文するというふうにして、手当たりしだいに必要な資料を集めていきます。例えば、北原白秋についてなにか文章を書くという機会があれば、即座に北原白秋全集を購入し、すべて自分で全集の原典を確認しながら書く内容を組み立てていきます。講演のときも、それは原則的に同じです。幸いにいまは、全集ものはおそろしく値が下がって、ほとんど捨て値のような状態になってしまったために（それは思えば情けない時代ですが）、おどろくほど簡単に安価に全集を買うことができます。これを買わない手はないのです。どこぞの高級寿司店に行って、一人前何万円もの寿司を食べる、その同じ程度の金額で、一人の偉大な文学者が一生かかって書き上げた文学的業績を網羅した立派な全集がまるごと買えてしまう。そのどちらが有益なお金の使いかたか、言うまでもありますまい。

このやり方をとると、本が際限なく増えていきますし、ときには講演料・原稿料に見合わないという問題も起きるわけですが、充実した内容にするには不可欠な作業だと覚悟しています。

それより何より、いちばん大切なものは「時間」だと、私は思っています。

お金は天下の回り物ですが、時間はいちど過ぎたらとりかえせません。かけがえのないもっとも大切なものが時間です。幸か不幸か、いまは本の価格が不当なほどに下落してしまった時代です。そういうなかでは、手許に本をとりよせて、自分のものとしてこれを自由に読む、いつも座右に備えて随時参照する、そういうことが、私の大きな楽しみでもあり、また能率良く、時間を無駄にせずに成果をあげるなによりの方法なのです。

講演でも著作でも、その説得力は「中身の濃さ」に比例します。だから、ちょっとした聞きかじりなどを鵜呑みにして適当に話をしていたら、説得力のある話なんてできるはずがありません。ちゃんと自分で原典資料にあたり、かれこれ比較研究して、自分で考えの筋道を見つけ出す、そしてそのことを真摯にお話するからこそ、聞いている人は腑に落ちるのです。

そのことは、私が慶應義塾の大学・大学院で、優れた先生がたに厳しくお教えいただいた、最大最高の教訓でした。さぼってはいけない、手を抜いてはいけない、原資料に当たらない話はしてはいけない、そういうことを切実に教え、叱ってくださった先生がたの学恩のありがたさは、いまに忘れることがありません。

例えば、一時間の講演をするために、一時間分の用意をしていく、それでは不十分です。下勉強はたっぷりとして、三時間でも五時間でも話せるくらいの準備勉強はしておく、その上で、その中から大切なエッセンスを要領良くまとめて話す、というふうに心がけることが、講演などをする場合の要諦なのです。

時間は大切に、すこしでも時間は無駄にせずに、そのためにはお金がかかってもしかたない、すべて読む本は必ず買って読む、というのを厳しく守っていて、その結果蔵書は小さな図書館というような規模になりました。

でも、それは私の人生そのものですし、これから少しでも時間ができれば、「自宅にいながらにして、好きな本を自在に読める」という夢が実現することでしょう。考えるだけで、楽しいではありませんか。

名も無き本を発掘する喜び

読書全般についていうと、私は現代のベストセラーにはまったく興味がありません。文学に関しては、高校生の時から国文学一筋で、外国のものはほとんど読みませんでした。なぜかというと、あの翻訳調の文章が、どうしても体質に合わないというか、読んでいられない抵抗感があったからです。なかでも興味があるのは日本の古典だけ。近代文学は多少は読んでいますが、現代文学についてはまったく興味がなく、現在でも、芥川賞や直木賞の受賞作はまったく読まずに過ぎてきました。

世間でわんわんと話題になっているような作品に興味が向かないのは、旅行で有名な観光地をスルーする精神と同じで、もうこれは生まれつきのへそ曲がり体質というほかはありませんね。その代わり、人があまり興味をもっていないような無名の人の書いた物とか、昔の本で、すでに忘れられたような作品などは、あれこれと興味をもって探索し、丁寧に読んでいきます。

詩人などでも、あまり知られていない地方の詩人の作品など、見つけ次第に買って、よくよく味わって読んでいます。そうすると、たとえば、津軽の方言で書かれた詩集など、興味の尽きない書物を発掘して楽しむこともできます。

たとえば、『津軽の詩』という方言詩集。これは昭和四十六年に、弘前の津軽書房という出版社から出た、津軽書房新書の一冊です。一、二、例を挙げれば……。

情話《イロバナシ》　一戸謙造

昨朝《キナサマ》せエ
一番町《エヅばんちょう》の坂《サガ》の上《うへ》、
曲《まが》る気なたけア、どッきらど、
女学生三人《ハガマコサニン》ど
出逢《エギア》たべ、
その中《ウヂ》の一人《フトリ》ア

彼女《アレ》であーたーべー
僕《ワレ》も真赤《まつか》ね上気《ヤゲ》したオンな！

母親《オガチヤ》　　高木恭造

急ネ乳のみてぐなて家《エ》サ馳《ハ》けでもどたら母親《オガチヤ》ア薄暗《ウスグレ》い流元《ミヅヤ》
で白い体コバ洗てだオン。がッぷらど乳房《ツツ》サかぶりづです
なびたら妙《エバダ》ネ塩辛《シヨツペ》エ味《アヅ》コアしたネ。（塩湯で体バ洗てだンだベヨン）
それから間もなく母親《オガチヤ》死ンでまたオン。
俺《ワイ》サ塩辛《シヨツペイ》イ乳のまへだ母親《オガチヤ》。

上京　　日幌草太

あツ
汽車発《た》てすまたッ
友達も

愛人《アレ》の顔《ツラ》コも
見《メ》ねぐなたッ
小《チセ》エ時遊《ヅギアソ》だ
踏切も見《メ》ねぐなた

弘前《スロサギ》の空《ヤネ》も
何《ナ》も彼《カ》も
涙でぼやけで
見《メ》ねぐなた―

完全には読み切れないところもあるのですが、これらを、自分なりに、訥々と津軽弁風に読んでみると、なんだか、心がほろりとしてきます。文学史的に有名な詩人たちの作物とは、また一味違った、こうほのぼのとした味わいがあって、ああこれは読んで良かったなあと、なんどもくりかえしページを繰ったりするのです。

こういう書物との一期一会的な邂逅を、しみじみと楽しむ。それは流行の本をサッサカサッサと読み飛ばして、時の話題に付いていこうなどという本の読みかたとは、まるでちがう世界にいて、違う時間のなかに生きているような感じがします。

第五章
結局、人生最後に残る趣味は何か

作る楽しみ、もてなす楽しみ、料理は一生続けられる趣味

最終章では、一生続ける趣味、そして人生最後に残る趣味について考えてみることにします。

私にとって朝夕の食事の調理はまったくの日常業務ですが（私の家では、三百六十五日、料理は原則として私の専業となっています）、とはいえ、「作る楽しみ」を感じているという意味では、趣味的な営みでもあります。

料理なども、好きこそものの上手なれというところがあり、私は子どもの頃から料理をし慣れていて、また好きなので、当然私がするのが良いというわけです。和洋中、なんでも料理しますが、毎日、冷蔵庫の中を検分しながら、「さて、今日は何にしようかな」と考えるだけでも楽しい気持ちになります。ときどきは、子孫《こまご》たちから「鰤の味噌漬けを作って」とやら、「スパゲッティ・ミートソースを是非」とやら、あるいは天丼、またはカツ丼、などなどさまざまにリクエストが来るのも楽しみのうちです。だから、これからも包丁を握り続けられる限りは、日々台所に立つことになりそうです。

世間では、妻が外出するに際して「夫の晩飯を作って冷蔵庫に入れておく」などという話がありますが、私の家ではまったくの逆です。私に外出の用があるときは、あらかじめ妻の分の食事を作ってから出かけることもあります。

男性でも女性でも、そんなことには関わりなく、家事は平等に分担し、好きな人が好きなことをやればよい。そうして、その好きなことを趣味にできれば楽しみに変わるというもの、実にシンプルなことです。

そもそも私が料理好きになったのは、子どもの頃からのことです。

私の母は料理がとても上手な人でしたから、門前の小僧というか、母の手さばきを見習ううちに、気がつけば当たり前のように料理をするようになっていました。

料理というものは、上手な人の手さばきをよく観察し、真似て練習することで自然に上達するものです。学校にいって習ったりするものではない、と私は考えています。

例えば、お寿司屋さんや料理屋さんでカウンター席につくと、板前さんが手を動かす様子を目の当たりにすることができます。そんなとき、私はじっくり板前さんの仕事を観察します。まったくお酒を嗜まないこともあって、同行者とおしゃべりをしながらも、目はひたすら板前さんの手許に集中して観察に努めるのです。

わからないことがあれば、「それは、どうやって作っているんですか?」と質問します。ほとんどの場合、板前さんは丁寧に調理の仕方を教えてくれます。そしたら、すぐに自宅で教えてもらったやり方を試してみます。これを「即時強化の法則」といって、教育心理学上の有名な原理となっています。

観察して教えてもらったやり方を再現すれば、あえて料理学校に通うまでもありません。あとは包丁さばきなどの練習が必要です。これは自学自習ですが、やはり板前さんたちの手許の構えとか、包丁の使い方など、見習うことはいろいろありましょう。


自宅に来客があったとき、例えばイギリスの代表的な家庭菓子であるスコンとかショートブレッドなどを自作してお茶とともにお出しすることがあります。これもイギリス留学中に現地の家庭婦人から、ヴィクトリア時代から伝わる伝統の作り方を教えてもらったとおりに実践しています。

別に、出来合いの菓子を買ってきてお皿に並べてもよいのですが、売り物と自分の手作りでは味わいが違います。それに、世の中で「スコーン」と称して売っているものは、イギリス人の作る家庭のスコンとはまるで違っているので、私は、どうしても、イギリスの味を感じてもらいたいという気持ちがあって自作せずにはいられないのです。

ちなみに一言申し添えますと、俗に日本では「スコーン」と伸ばして言いますが、純正のイギリス英語では「スコン」と短く発音するのです。

スコンについては、拙著『イギリスはおいしい』の文春文庫版の「あとがき」に、詳しく書いておきましたので、ぜひご参照ください。またショートブレッドについては、これも拙著『音の晩餐』（徳間書店・集英社文庫）に詳しく書きましたが、この本はだいぶ昔に出したので、今では手に入れるのは容易ではありませんから、作り方を伝授しておきます。

材料は砂糖、バター（有塩）、小麦粉をそれぞれ百グラム、二百グラム、三百グラム（サ・バ・コ、1・2・3と覚えておくと便利です）に、ベーキングパウダーを五グラム加えるだけ。水も牛乳も卵も不要です。

これらの材料を、ひたすら手でこね合わせているうちに、バターが溶け、最初はバラバラだった生地が耳たぶのようなやわらかい質感にまとまってきます。それをパイ型などに入れて、一センチくらいの厚さになるまで伸ばし、フォークで生地に穴を開けます。焼き方は、私の独自研究によって、次のようにすると巧く焼けます。

すなわち、生地をどのくらいの厚さにするかによって、焼き時間が変わります。これは比較的低温のオーブンで、長時間ジクジクと焼くというのが肝なので、おおむね、生地5ミリあたり170度で15分、つまり一センチの厚さだったら30分、1・5センチだったら45分、じっくりと焼くということです。

肝心なことは、焼いたらすぐ食べてはだめで、これがすっかり室温にさめるまで、決していじらないで、静かに冷やすということです。そうするとバターがまた固まって、このお菓子独特の、サクッサクッという質感になります。

一手間と手際が肝心

料理の決め手は、突き詰めれば塩味なのですが、むろんそれだけではなく、旨味がなければなりません。健康のためには塩味を薄くする必要があり、その代わりを旨味で補うのです。旨味というと、スープの素やブイヨンキューブのようなものを連想しますが、それだけではありません。

和食ならかつお節を代表とする魚の旨味、洋食なら肉類に含まれるイノシン酸系の旨味が加わることで、美味しさが感じられるようになるわけです。

例えば、鶏肉のシチューを作るとしたら、肉をあらかじめロースターで少し焦げ目がつくまで焼いておくと、香りもよくなり、ひと味違ったシチューになります。ちょっとした一手間ですが、手間を惜しむかどうかで仕上がりが大きく違ってくるのです。

私が見るに、料理が苦手な人は、こういう一手間を惜しんでいるところが共通しています。面倒だからと手抜きをするから、できあがった料理は美味しくない。美味しくないから楽しくない。楽しくないから料理は面倒……という悪循環にはまっています。

例えば、キュウリの薄切りを使ってツナサラダを作るようなとき、面倒くさがりの人はスライサーを使いますが、あれはだめです。充分な薄さに切れない上に、野菜の切り口の組織が壊れて、ざらざらと雑駁《ざっぱく》な味になってしまうからです。

野菜を美味しく味わうには、(自分でよく研いだ) よく切れる包丁を使って「トントントン」と切っていかなければなりません。

優れた料理人は、きれいな手つきで包丁を持ち、手際よく野菜などを切っています。

手際の良い包丁さばきといって思い出すのは、私が親しく色々なことを教えていただいた中西賢一さんという名料理人です。中西さんは、八王子に昔在った「美ささ苑」という料理屋さん（しばらく前に惜しくも閉店してしまいました）の料理長でいらしたかたですが、その中西さんの包丁は実に切れ味抜群で、彼が切った物は刺身でも何でもすべてピカピカしていて美味しいのです。

ある日、またその店に行ったところ、最初に出てきた刺身を見て違和感を覚えました。いつもと同じようなマグロではあるものの、以前とは明らかに見た目が違います。箸で刺身を取り、口にした瞬間、中西さんが切った刺身ではないと確信しました。そこで、女将さんに質問してみました。

「今日は、中西さん、お休みなんですか？」

女将さんは、ふと表情を曇らせると、こう答えられました。

「はあ……それが、中西は先日亡くなりまして……」

刺し身は生の魚を小さく切っただけの単純な料理ですが、それだけに、包丁が切れているかどうか、それはもう死命を制する料理の肝なのでした。

包丁の使い方は訓練して体に叩き込むしかありません。書を書くときに正しい筆の持ち方があるように、料理においても正しい包丁の使い方があります。

私だって最初から正しく手際よくトントン切ることができたわけではなく、母が毎日きれいな手さばきで料理を作る様子を観察し、「どうやったら、あんなに紙のように薄く、しかもすばやく切れるのだろうか」と考え、見よう見まねで練習を繰り返してきたのです。

手際よく包丁を使うためには、包丁選びも重要です。とはいえ、一流の職人が作る高級包丁を買えばいいというものではありません。料理は家庭料理が基本ですから、道具もプロ用ではなく、一般家庭に相応しいものを選べば十分です。私が使っている包丁は、たまたま小説の取材で鹿児島を逍遥していたときに、偶然に出会った薩摩《さつま》川内市《せんだいし》の「東郷刃物店」という鍛冶屋さんが作った手作りの鋼の包丁ですが、せいぜい一本数千円程度のごく大衆的な道具です。

それでも、さすがに薩摩の鍛冶屋さんはとても良い仕事をしてくれるので、刃こぼれもせず、もう長い年月非常に重宝に使っています。最近は、多くの人がステンレスの包丁に慣れているので知らないかもしれませんが、鋼の包丁に使い慣れると、その切れ味の良さにうっとりします。キュウリを切ったときの断面にはツヤがあり、見た目にも美味しそうです。プラスチックの安いスライサーでカットしたキュウリと比べれば、見た目も味も全然違います。

包丁は定期的に研いでおく手間も欠かせません。包丁を研ぐというと、一般の人には難しい作業だと思われがちですが、実際にやってみればそこまでのことはありません。今はYouTubeなどでも包丁の研ぎ方を解説する動画は多数投稿されています。いい鋼の包丁なら、研石を使って五分間くらい研ぐだけで刃が立って家庭用には十分な、鋭い切れ味を取り戻します。

「これで切れるようになるぞ」と思うと楽しみが大きいので、面倒だなどとはすこしも感じません。

芸術も料理も「人を喜ばせたい」気持ちが上達のコツ

だいぶ前、これも仕事がらみで、自宅あてに十キロ以上もある丸々と太った天然ブリが一本ドカンと送られてきたことがありました。大きなトロ箱からブリを取り出したのですが、普段使いのまな板にはあまりにも巨大で、とても載せきれません。

それでも、悪戦苦闘しながら、なんとかさばくことができました。子どもの頃、お正月の時期に母が新巻鮭をさばいて切り身にするのをよく見ていたので、以来、大きな魚をさばくやり方なども自然に身についていたのです。

私は、暇を見つけてはYouTubeで魚のさばき方などの動画を視聴しています。YouTubeには料理の腕に覚えがある人が、平目の五枚おろしやブリのさばき方を丁寧に解説しているチャンネルがいくつもあります。見ているだけでも楽しいですし、実際に真似してやってみると、なるほどこのさばき方が合理的なんだなあと感心するばかりです。

料理も、やはり上手い人の手際を見て学ぶのが一番で、べつだん料理学校などに行くにも及ばないことです。合理的な方法を「見習って」、あとはひたすら練習あるのみです。練習して上達できるかどうかは、やる気の有無にかかっています。

上達につながる心根は大きく二つに分けることができます。

一つは「どうせなら美味しいものを食べたい」という心根です。

例えば、お腹が空いたときにデパ地下などに立ち寄ると、どの商品もいかにも美味しそうに見えます。私たち夫婦も、ごくごくたまに高いお金を出してあれこれ買って帰る機会があるですが、家に帰って食べてみると「期待したほどでもないな」「これだったら自分で作ったほうが良かったな」と感じることが少なからずあります。これはお店の問題というより、サラダや焼き物などは、どうしたって作りたてが一番美味しいので仕方ありません。

もっとも煮物などは、この反対に作りたてでは美味しさが未熟で、いちど煮込んだものを室温までゆっくりと冷ます、この冷ますという過程のあいだに、煮汁の味がしっかりと素材に染み込んでいくので、こういうものは時間をかけて作らなくてはほんとうの味にはなりません。

いずれにしても、美味しいものを食べたかったら、まずは自分で料理をするのが一番です。「どうせなら美味しいものを食べたい」と思えば、地味な練習も楽しく乗り越えられます。

もう一つは、「人に美味しいものを食べさせて喜んでもらいたい」という心根です。料理も独りよがりではダメで、客人を手料理でもてなして喜ばせたいという視点が上達には不可欠です。これは芸術を趣味にすることと同じです。

私の家では子どもや孫どもが遊びに来たときに外食をするのではなく、毎回私が手製の料理をふるまっています。長男はスパゲティミートソース、次男はカツ丼、三男は天丼……といった具合に、それぞれが食べたいものをリクエストするので、いちいち別々に作って出したりしています。まるでレストランです。ただし、みんな大好きなハンバーグだけは、毎回、妻の専業となっていて、それにつけるソースは私が作る、というような分業になっています。

中でも面白かったのは、孫の一人が「エビ天丼を食べたいけど、中のエビはいらない」と要望してきたことです。

「じゃあ、エビ天の衣だけにするかい」と提案したのですが、孫は首を縦に振らず「ちゃんとエビの尻尾がついた形でないと駄目」と言うのです。

この孫たちは父親がアメリカ人なのですが、孫は日本のアニメで登場人物が天丼やカツ丼を食べているシーンを見て「あれを食べてみたい」と思うと、そのように料理長である私にリクエストする、というあんばいなのです。

じつは私は昔は揚げ物もしたのですが、ひとつは体重管理のため、またもう一つは揚げ物のあの油の気化した煙が持病の喘息にはたいへんに悪いので、今はもう私自身は揚げ物を作ることはありません。

そこで、お店で惣菜コーナーのエビ天を購入してきて、外科手術のように衣を切って中のエビ身だけを取り出し、しっぽはもとのままとして、新たに手術した跡に衣を補強して揚げ直すことで要求に応えました。

孫は特製の「天丼」を美味しそうに食べていました。そんな工夫も、料理というものはおもしろいなあと思うところです。

ちなみに、こうして喜んで「身無し天丼」を食べていた孫も、その後、身入りのふつうの天丼を食べたらもっと美味しいということを「発見」したとみえて、今ではふつうの天丼を喜んで食べています。こういう工夫はまた料理の醍醐味で、それを通じて孫たちとも心が通い合う楽しみがあります。だから料理は楽しいなあと思います。

毎日「歩くこと」は長く趣味を楽しむための手段

そういえば、ここまでまったく運動系の趣味には多く触れずにお話をしてきました。

じつは、私の趣味は芸術に偏っていて、運動系の趣味とはまったく無縁の生活を送っています。理由は筋骨脆弱《ぜいじゃく》、心肺機能虚弱《きょじゃく》で、走るのも遅く、とにかく運動方面の才能に乏しいからです。これまでゴルフや草野球、サッカーやテニスなど、なにもしないまま過ごしてきましたが、特に興味もないので、これで良かったと思っています。

ただ一つだけ行っているのは毎日徹底的に歩くことです。よく「趣味は散歩です」という人がいますが、私がやっているのは散歩ではなく「歩く」です。歩くことを自己目的とした「歩行運動」なのです。

散歩というと、えてして飼い犬などを連れて近所をブラブラする行為を意味しますが、私の場合はただ歩くことを自己目的として、脇目も振らずにせっせと歩きます。病気になったら趣味どころでないので、健康に生きるため、人生を楽しむために、歩くのです。

九十五歳で大往生を遂げた私の父も、生前は特別な運動はせず、ただただ歩くことを日課としており、おかげで足は最後まで健脚でした。「足が衰えたら人間が駄目になる」と言っては日々歩き続けていた父の言葉を信じて、ひたすら歩くことを励行しているわけです。

歩くにおいては、正しい姿勢と足の運び方があります。

簡単にいうと、まずは骨盤の位置を自覚し、骨盤の中心に頭の重心を載せるような姿勢を意識します。

その骨盤から振り子のように両足を振りだし、視線は真っ直ぐにして、頭を天井から糸で吊られているような意識で速歩するのです。手にはいっさいの荷物を持たず、操り人形になったようなつもりで、せっせと足を動かすことが大切です。

そうやって歩き続けると、大腰筋《だいようきん》や腸骨筋《ちょうこつきん》といった歩行に必要なインナーマッスルが鍛えられるので、腰痛の予防にもなるなど、大変健康的です。だらだら散歩をしているのとは、効果に大きな違いがあるわけです。

私は歩数計を常に装着していて、特に目的地を決めずに自宅を出発します。おおよそ一日六千〜八千歩を目標にしているので、歩数計が三千〜四千歩を計測した時点で引き返します。その間、どこにも寄らず、ただ愚直に足を動かすだけ。ときどきリュックを背負って近所のスーパーに立ち寄り、食料品を買ってくることもありますが、基本的には気の向くままに住まいのある市内を逍遥します。

小さな路地に至るまで毎日歩き回っていると、例えば「秋桜《コスモス》が咲いている」「桜が開花した」という具合に季節の移り変わりに鋭敏になります。また、歩くと血液の循環が促され、脳の働きが活性化することと相まって、俳句や短歌の表現が浮かびやすくなるだけでなく、仕事のアイデアもどんどん浮かんできます。

アイデアが浮かんできたら、立ち止まってすぐにメモを取り出し、書き留めておきます。そのために、私は四六時中胸ポケットにメモ用紙とボールペンを入れてあります。あるいはまた、気になる風景をスマホのカメラに収めておくなどして、後に、それをもとにエッセイを構想することもあります。

つまり、歩行運動による健康増進を図って、クオリティー・オブ・ライフを維持しつつ、仕事や趣味の着想を得るという、時間の有効活用を行っているわけです。しかも歩くだけなので、一切お金がかかりません。

スポーツクラブでは私と同年配の人たちが、わざわざお金を払って無味乾燥な室内で、あのベルトコンベアみたいな機械の上で走ったり歩いたりしているようですが、ありゃ、いかにもつまらなそうだなあと、いつも思います。

スポーツクラブやサークルなどで運動する人に限って、高価なブランド物のウェアやGPSなどの道具を購入し、なにごとも形から入って満足しています。純粋に運動すればいいだけなのに、無駄なお金を使いすぎです。

私は無駄遣いが嫌いです。歩くために唯一お金を投じているのが靴であり、各社各種の「歩行用シューズ」を、あれやこれやと試行錯誤した結果、一足一万数千円ほどのヨネックスのウォーキング・シューズに落ち着きました。これを限界まで履きつぶしたら同じものを繰り返し購入しています。

三百六十五日、どこに行くにもヨネックスですが、それも色や形など、いくつか用意してあって、服装や行く先、あるいは季節などを考慮して、適宜チョイスしています。冠婚葬祭も黒いヨネックスの皮革製ウォーキングシューズで行きます。おそらく、このまま一生ヨネックスを履き続けることになるはずです。

七十代半ばの今、これから始めてみたい趣味あれこれ

七十代半ばを迎えた今、「これからやってみたい趣味は」と問われて、まず思い浮かぶのがエッチング（銅版画）です。エッチングは、酸による腐食を利用して銅版に溝を

作り、そこにインクを詰めてプレス機で作品を刷るというものです。

もともと版画が好きで、川瀬巴水の作品を収集していることは前述した通りですが、実際に自分で版画作品を手がけるとすれば、木版画よりもエッチングに興味があります。ただ、きっとエッチングはやらないまま終わる可能性が高いとも思います。

銅版はもちろんのこと、それを腐蝕させるための硫酸のような劇薬や、プレス機などの設備が必要となりますし、それなりの場所も必要です。技術を習得するにあたっては、やはり専門の先生に教わる必要があるでしょうから、なかなか手を出しにくいところです。

もう一つを挙げるとすれば、篆刻《てんこく》でしょうか。篆刻は篆書体などの文字（主に漢字）をハンコとして石や木などに刻む芸術です。昔の中国の文人は、万巻の書を読み、千里の道を旅して、詩文を作り、絵を描き、書を書き、そして印を彫ることができて一人前とみなされていました。篆字は中国の古代の漢字体であり、デザインとしての味わいがあるので、日本や中国では書画などに篆刻の落款印《らっかんいん》を捺し、書籍に蔵書印を捺す文化があります。

私も篆刻家が手がけた篆刻をコレクションしており、レターヘッドに使っているほか、書画の飾り（落款印のほかに、関防印《かんぼういん》、遊印《ゆういん》など、いろいろあります）や、蔵書印として捺して楽しんでいます。コレクションの中には、糸印《いといん》といって、明代《みんだい》の中国で作られた、主に金属製の印もあります。

コレクションを楽しむのもよいのですが、やはり篆刻を自作したいという思いもあります。実際に、これまでも何度か自分でハンコを彫った経験はあり、もっと究めてみたいと考えています。

本格的に篆刻を始めるなら、道具を揃えるだけでなく、技術もきちんと学ぶ必要があります。篆刻を作るには、篆字を書くことと、篆刻刀で彫ることの両方の技術を身に付けなければなりません。俳句や絵画などと同じように、まずは著名な篆刻を見て、真似るところから始めるとしても、相当な時間がかかりそうです。

とはいえ、例えば水墨画などに比べて、篆刻はその気になれば手が届く趣味という感覚があります。水墨画を始めるとなると、使う紙や墨、筆などが多種多様ですし、技巧の習得も独学では難しそうです。しかるべき画家の先生の下で、基本から学んでいくとなると、どうしても時間が足りません。仮に、今から本気で始めたとしても、そんなにいい作品を残せるようにはとうてい思えないというのが正直なところでしょうか。

そう考えると、年齢を重ねるにつれ、始められる趣味に限りが出てくるというのは否定できない事実です。だからといって、年齢を理由にすべてをあきらめてしまうのももったいないことです。

年を重ねると人には味が出てきます。若者はフィジカルこそ元気で力があるかもしれないですが、中身はやはり未熟です。年配者は体力的には衰えてくる一方で、精神を司るオペレーション・システムのようなものは、学習によって磨かれていきます。若い頃よりも、年を重ねた今のほうが人間的に磨かれている……人としてそうあるべきですし、趣味は自分を進歩させるためのツールであるべきです。

まあ、私はこれまでいろいろ趣味を楽しむ人生を送ってきたので、あとは篆刻にチャレンジできれば十分です。

結局、人生最後に残る趣味は何か

では、人生最後に残る趣味は何か。私の場合は、詩を作ること……かな。

なにしろ、「詩人になりたい」というのは、高校生の頃からの夢でしたし、その気持ちは今もかわりがありません。

人は子どもの頃「何かになりたい」という願望を抱きます。例えば、男の子は野球選手や電車の運転士になりたいと言い、女の子はケーキ屋さんや歌手になりたいと言ったりもしがちですね。

でも、ほとんどの人は子どもの頃に憧れていた職業に就けないまま、その後の人生を歩んでいきます。願望を叶えることができない代わりに、鉄道を趣味にして、いわゆる「鉄ちゃん」といわれるような人生をおくったり、あるいは好きな歌手の追っかけをしたりするのかもしれません。

私は高校生の頃、詩人になりたいと思っていました。そこで、とにかく詩をあれこれと読み、詩の美しさを感じる力を養うこと、さらに表現のためのボキャブラリーを増やすことに努めました。そして、何か印象に残る風景や出来事を目にしたときには、即座にそれを詩で表現するとどのような言葉になるかを考え、試行錯誤しながら、書き留めてみる、また推敲を重ねてみる、というふうに過ごしてきました。

また、豊かなボキャブラリーを嚢中《のうちゅう》に蓄えておくには、やはりじっさいに使われた形での言葉を記銘する必要があります。私が高校生時代に試みたように、たとえば広辞苑などをあたまから読んでいっても、さあ、それでボキャブラリーが増えるかといったら、まあ大いに疑問です。いたずらに語彙が増えても、そのじっさいの「使いかた」や「含意」を心得ていなくては、使い物になりません。そこで、まずは和歌や古典文学を学ぶ必要があるだろうと考え、大学・大学院を通じて国文学を専攻することにしました。

そこから幾星霜《いくせいそう》を経て、国文学者や書誌学者になり、『イギリスはおいしい』という作品で作家活動も始めたのですが、その間も詩人になりたいという思いは少しも揺らぐことはありませんでした。

藝大の先生にならないかというオファーを受けたとき、二つ返事で引き受けたのは、もしかしたらそこでは詩を書くことを仕事の一部にできるかもしれないと考えたからです。

藝大音楽学部は音楽を教えるための学校ですが、伝統的には、「音楽を作る」というもう一つの役割も担っていました。滝廉太郎、鳥居忱《とりいまこと》、武島羽衣《はごろも》、など藝大で学び、または教えていた人たちの名歌が今も残っており、藝大は新しい歌を創作する拠点としても機能してきたのです。

私が藝大で教えるようになってから声楽を学び始めたことは前述しましたが、同時に始めたのが声楽曲の詩を書くことでした。このことはすでに書いたとおりですが、私が詩を書き、若い作曲家たちが曲を書いて新しい歌曲を作る。そういった活動を続け、二百ほどもの歌を世に送り出すことができました。

ふりかえると、私にとって、俳句を詠むときよりも絵を描くときよりも、詩を書いているときが最も楽しい時間でした。高校生のときに胚胎した「詩人になりたい」という意思はまったく失われることがなかったのです。

私はこれからも自分の詩を大切にし、日常でさまざま考えることや、旅をして感じたことなどを、文章で書くよりも、詩で表現していきたいと考えています。また、それを歌にしたり詩集に編んだりして発表したいという思いを持っています。詩集には自分で描いた挿絵をつけるかもしれないし、詩集を出すときには、自分で装訂を手がけるかもしれません。

出版社が本を出してくれなければ、自分で出版して発表するまでです。

そんなことを考えていると、まだまだこれから老け込んでもいられない。人生の経験を活かした、新しい創作へと向かっていこうという思いが、沸々と湧き上がってくるのを憶えるのです。

おそらく、読者の皆さんも、そのように「若き日」の思いを、もう一度反芻してみれば、そこにまだ「やり残したこと」があることに気付かれるのではないでしょうか。そしたら、それをやるまでです。趣味でいいのです。なにもそれを職業にするには及ばないので、自費出版でも、ネット上に公開するのでも、あるいは作曲・自演してYouTubeにアップするのでもなんでもいいではありませんか。

そう思うと、人生の残りがどれくらいあるかは誰にもわかりませんが、しかし、その残された「可能な日々」を、一日一分一秒も無駄にせず、もう一度生き直すためのよすがとしたらよい、そんなふうに思うと、また生きる希望が湧いてくるというものです。

あとは、さあ、実践あるのみです。

おたがい、がんばりましょう。

あとがきに代えて

『若き日は』百首から……。

若き日はひとの才能羨《ともし》みてゆゑなき怒りもてあましけり
若き日はよしなしごとにとらはれて大事のことをよそになせしを
若き日はなんとして我を世の人に知らるるものになさむとぞ思ふ
若き日は飲めぬ酒など無理に飲みひた吐きに吐きて苦しかりけり
若き日は脇目も振らず詩など書きよほど才ありとうぬぼれにけり
若き日は同人雑誌に小説を載せて得意の友を斜《しゃ》に見き
若き日は運動音痴の我がゐてそを許さざる我もありけり
若き日は若さに驕る思ひありわざと鈍行列車に旅す
若き日は夜行列車にふと目覚め見知らぬ駅に雪積むを見き
若き日は炎天酷暑の越後路をただ意味もなく徒歩に旅しつ

若き日はジヤズに打ち込む友まねてコルトレーンなど聴いてみしかど
若き日は日がな一日なにもせずギター弾くだけのこともありけり
若き日はただがむしやらに学びつつなにのためとも知らずありけり
若き日はまだ夜も明けぬロンドンの空港に独り茫然と立つ
若き日はオクスフオードの学寮にひたぶる堪へつ夜の寒さを
若き日はミユンヘンの国立図書館を出てリンデンの綿毛飛ぶ見き
若き日は曇天雨天さるなかにイギリスの空は高く晴れたり

著者略歴――――
林 望　はやし・のぞむ
1949年東京生まれ。作家・国文学者。慶應義塾大学文学部・同大学院博士課程満期退学(国文学)。東横学園女子短大助教授、ケンブリッジ大学客員教授、東京藝術大学助教授等を歴任。『イギリスはおいしい』(平凡社 / 文春文庫)で日本エッセイスト・クラブ賞、『ケンブリッジ大学所蔵和漢古書総合目録』(P・コーニツキと共著、ケンブリッジ大学出版)で国際交流奨励賞、『林望のイギリス観察辞典』(平凡社)で講談社エッセイ賞受賞。『謹訳源氏物語』(全十巻、祥伝社)で毎日出版文化賞特別賞受賞、後に『(改訂新修)謹訳源氏物語』(全十巻、祥伝社文庫)。学術論文、エッセイ、小説、歌曲の詩作、能評論等、著書多数。『恋の歌、恋の物語』(岩波ジュニア新書)、『往生の物語』(集英社新書)、『枕草子の楽しみかた』(祥伝社新書)等、古典評解書を多く執筆。他に『謹訳平家物語』(全四巻、祥伝社)、『謹訳徒然草』(祥伝社)、『謹訳世阿弥能楽集』(檜書店)等がある。また、若い頃から能楽の実技を学び、能公演における解説出演や能解説等を多数執筆、二十六世観世宗家観世清和師とともに新作能『聖パウロの回心』作劇。また声楽実技を学んで声楽曲・合唱曲の作詩多数。代表作は合唱組曲『夢の意味』(上田真樹作曲)、『旅のソネット』(二宮玲子作曲)。

結局、
人生最後に残る趣味は何か

2024年10月3日　第1刷発行

著者　林 望
装画　林 望
装幀者　石間 淳
発行者　碇 高明
発行所　株式会社草思社
〒160-0022　東京都新宿区新宿1-10-1
電話　営業 03(4580)7676　編集 03(4580)7680

本文組版　有限会社マーリンクレイン
印刷所　中央精版印刷株式会社
製本所　中央精版印刷株式会社

ISBN978-4-7942-2737-9 Printed in Japan　検印省略